尾巴 Ⅰ

我在身后看着你

王若虚 / 著

世纪文睿

世纪出版集团 上海人民出版社

我的青春回忆
都是关于如何破坏别人的美好青春

1996 年，如果你在高中里谈恋爱，那会是件很不得了的事情。

那个年月里，高中生的娱乐活动和今天相比真是天差地别：没有笔记本，没有手机、PSP，没有网游，听音乐大多用的是磁带，看电影用的则是录像带。

但此时的未成年人已经开始流行起了"爱情"。

对学校来说，席卷校园的早恋就好比一场旷日持久的瘟疫。当学生陆续陷入其中时，他们的中考和高考成绩便岌岌可危，那么学校赖以生存的某些关键数据会显得很难看，甚至"致命"。

为了遏止这场甜蜜而暧昧的瘟疫，一小撮学生被秘密召集起来。

他们的目标，是扼杀那时校园里的爱情。

他们的任务，是放学之后跟踪同学回家。

他们的代号就是：尾 巴

目录

C O N T E N T S

Season 1 冷血功勋

第一章　林博恪

1

星期三上午十点二十六分。

"东厂一条街"，教导处办公室。

情况很不妙。

"东厂一条街"的正式名称应该是行政楼三楼走廊。它朝北这面没有办公室，只有一排窗户。为防止心理脆弱的学生做傻事，窗户被常年锁死，并用深蓝色的窗帘全部掩上，外面的人就看不到走廊上发生的故事。

走廊的南面，则都是些这样的办公室：查处普通违纪行为的纪律纠察处、负责严重违纪行为的教导处、主抓考试舞弊的思教中心，以及凡事都得听命于前几个办公室、只起点缀作用的学生纪律自管会……反正无论你犯了哪样的错误，"一条街"上总有间办公室适合你进去喝茶谈话。

如果运气好，有时候你能看到父母掌掴子女的场面，或者两家的家长不顾身份和形象扭打在一起。当然，平时最多的还是斥责和训导声。

但今天很安静。

走廊倒数第二间的教导处虽然房间朝南、阳光灿烂，但每个坐在这里接受盘问的学生都只会觉得阴森冰冷。

教导处主任姓庞，绰号螳螂，现年五十三岁，在他十七年的教导处生涯里一共抓过一百六十七个作弊分子、十三个小烟民、二十五个打架闹事者、一整打业余小偷和三个砸坏自己家玻璃窗的小子，学生们谈起这个无人能破的纪录时，总会不由自主地想到"一将功成万骨枯"那句话。

此刻螳螂就坐在办公桌后面，因为背阳，我看不清他脸上的神情。但我明白在他的心目当中，自己现在就是一个小偷。

今天上午第三节课上课前，班长陈琛发现自己的那块 SWATCH 手表不翼而飞。因为之前的一节是体育课，他怕打球时把昂贵的手表弄坏，所以脱下来放在了课桌深处——可现在把课桌和书包翻了个遍也没找到。

班主任对处理班级盗窃案可谓经验丰富，失主周边的几名学生下课后立刻被一一请到教导处单独谈话，美其名曰"配合调查"。这次配合调查的人包括四名男生和两名女生，我就是其中之一，轮到第四个进去。

螃蜞这个老头有着不怒自威的外表，而谈话的风格更是直接而犀利："上一节体育课，你一直在乒乓房？"

我明白他要说什么。体育课我是在乒乓房，但其间离开过一段时间，在大家的视线里消失了二十分钟左右。这显然很可疑，所以班里的某个浑球把这重要线索告诉了他。

"我去了次厕所，文体楼的。"

我努力让自己的声音听起来平静正常，但情况很不利：我就坐在失主陈琛的斜后侧，他脱手表放进课桌的动作我能看得一清二楚；体育课时唯一一个在教室里的女生正好是"每月例行性献血"，其间上过两次洗手间，教室门大开；也没有谁能证明我当时的确在文体楼的厕所，我又不可能将一团早已被冲入下水道的排泄物作为不在场证明呈现给螃蜞他老人家。

"但体育课的时候有人在篮球场上看到你从文体楼出来，进了西楼。"

学校教学楼分为东、西两幢，东楼是高三教室和所有老师的办公室，西楼则是高一和我们高二。在螃蜞眼里，我不仅有作案时机也有作案动机。他肯定事先查过我的资料：父亲早亡，只有母亲苦苦支撑这个家，班里最穷的学生之一，学费半免，初中时所在的学校"声名狼藉"。

也许我很可怜，也许螃蜞有同情心，但同情心不能帮他抓到小偷，同情心只有真相大白之后才用得上。

可我不需要同情，我当时绝对没有进过西楼，是有人诬陷。

2 ═══════

我叫林博恪，学号95237，隶属高二年级（7）班。

现在是1996年，我所就读的是所有着一百二十六年历史的区重点中学，校风严谨，一类本科升学率居全区第三。

在这样一所学校念书，我感到无上光荣，并且一直在不懈努力，想要成为佼佼者。我每天按时完成作业，宛如虔诚至极的教徒对待每日的祷告或忏悔；除非生重病，否则绝不缺席学校里的每一节课；成绩排名在班里靠前，却没有哪门功课出奇得好。

而我唯一的班级职务是：劳动委员。

别跟我打"劳动最光荣"或者"劳动委员也很重要"之类的官腔。我努力学习、对班级职务兢兢业业、尊敬师长，但我做这些可不是为了每天留下来监督别人扫地排桌椅倒垃圾直到自己考进大学。

这所学校的一大潜规则就是班级职务的大小和成绩排名成正比：前两名是班长、团支书，然后是副班长、组织、学习、生活、文艺、宣传……十个班委里倒数第二的才是"光荣"的劳动委员。

我可以负责任地说，在这个班，我的排名从未跌出前五。

这很不公平，而这种不公平唯一的原因就是：这所学校的初中部和高中部所在地分开，距我们六条马路之外的初中部每年都会直升或者考进来一大批学生，他们被称为"原班人马"——自始至终的成绩优异，并且有着四年基础的人际关系。而那些普通初中进来的人就像新移民一般无依无靠，尤其是我这种在此地甚至没有一个初中校友的人，一切都从零开始。

你也许已经猜到了，不错，我们班靠前的几个班委都是"原班人马"。

而且尽管如此，我已经是部分人的眼中钉，受尽嘲笑和欺凌。从高一开始，我的课桌经常会神不知鬼不觉地被画上小人图案和不怎么押韵的打油诗，内容都是关于一个野心勃勃却总是失败的穷小子，左手拿着扫帚，右手拿着拖把，一副愁眉苦脸的表情。

我那个"原班人马"出身的同桌总是说没看到谁画的，因为他和他们是一伙的。时间一长，我便不再声张，不再追究，只是默默地拿橡皮擦掉。

但这次他们诬蔑我有盗窃嫌疑，有点过分了。

3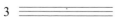

在教导处待了十五分钟，我终于出来了。

门外走廊上站着班主任和我们班几个学生，神色都不好看。我逐一审视那几个学生，背后诬陷我的人也许就在里面。手表的失主陈琛也在，很关切地问："没事吧？"

我笑笑，摇摇头，却什么也不说。

说起来也奇怪，我们班虽然不少干部联合起来挤兑我，但陈琛却是例外。他虽然也是"原班人马"那一族的，却待人和蔼，遇事没什么主见。可能当初正是因为他的性格懦弱比较听话，被老师定为班长。也正是因为他这种老好人性格，那些人精似的班委都不为难他。

我深信陈琛不在陷害和嘲笑我的人之列，因为假如他要害我，很早之前就已经有无数次机会了；相反，有好几次，都是他在帮我的忙。

这次手表失窃，他明显是被利用了。

那些想陷害我的人一定没料到，我并没有因为诬告而落入说不清道不明的境地，更没有就此身败名裂。

我林博恪清清白白地从"东厂一条街"走了出来。

之前在那间办公室里，螳螂步步为营把我逼入死角，然后说了那句老生常谈的话："你再好好想想，我有很多时间的。"

谈话陷入僵局。

忽然，桌上的电话响了，在那样的气氛里令人心惊胆战。

　　螃蜞拿起话筒，却只一味回答"嗯"，同时目光牢牢盯在我身上，最后以一句"我知道了"结束谈话。他从抽屉里摸出一盒没拆封的红双喜，小心地拉掉外面的透明包装纸，忽然对我讲："走吧。"

　　见我还愣在那里，他头也没抬，又重复一遍："你可以走了。"

　　我这才反应过来肯定是那个电话里来了什么好消息，站起身问是不是小偷被抓到了。他摇摇头，却不再多话，慢慢给自己点上烟。

　　直到我犹犹豫豫地走到门口，正在抽烟的老头忽然语气阴郁地提醒了我一句，顿时让刚刚那个电话的内容真相大白——"回家路上把眼睛睁大点呵，小尾巴。"

第二章　暴露危机

你每天放学回家的时候，是否曾经回头留意过自己身后的情况？

估计很多人的答案是：少之又少。

如果你觉得自己是个长相或者身材不错的学生，请多留意自己的背后，那里也许不光有你的书包在如影随形。

1996 年，早恋风潮席卷校园，我们学校的高考一本升学率出现明显下滑。校方管理层研究之后认为，学习风气变差是主要原因，而首要问题就是早恋，这种暧昧而甜蜜的瘟疫。

经过多次内部商讨后，摆在学校高层面前的就俩选择：要么不闻不问自甘堕落，让我们多年来试图冲刺成为市重点的美梦泡汤；要么痛下杀手绝不姑息，有几对就拆散几对。

高层自然选择了后者。

毕竟这是一所百多年历史的中学，目前位列全区区重点的头把交椅。只要再努力上个一两年，多少代老师的市重点之梦就要实现了，所以绝不能功亏一篑。

但问题是，他们此刻面对着这么多学生，每个人都那么可疑，每个人都那么危险。他们正处于青春期，躁动不安跃跃欲试，而且知道社会上对早恋恶评如潮，所以谈恋爱时都分外小心。

很多人和事都是给逼出来的。教育是这样，学校是这样，老师也是这样。

于是我们这些"尾巴"就成为逼不得已的最终手段。

越是不可思议的事物，往往越会逃脱人们的视线而安然存在。"尾巴"这个**特殊年代的特殊产物**在这所学校的历史上的确存在过，并且"成绩斐然"。我们所要做的，就是在放学之后跟着那些看上去比较可能传染到早恋瘟疫的学生回家，经过一段时间的细致观察后确认他们是否真的"病了"。

这也就是我们自称为"尾巴"的原因。

若干年后再审视这段不堪回首的历史，可能觉得这是可笑滑稽的变态之举。

但在当时，相反，我们都觉得这是种独具匠心的人文关怀。

2 ════════════

　　对尾巴小组来说，学校里任何一个相貌秀美的女生或者高大英俊的男生都是可疑的对象：学校合唱队的女领唱、各班班花、篮球队队长、舞蹈特长生……只要没有确定的线索（比如各班班干部打听到的风言风语），那么尾巴们就会被分配到一个名单里和自己回家路线相接近的目标。

　　尾巴小组这种打死也不能见光的团队，对外自然做到极度保密，每个成员都不知道其他人的真实身份。

　　唯一清楚这些信息的只有一个人，是个绰号叫"龙虾"的老师。

　　时至今日我依旧不能告诉你龙虾的真实姓名，唯一可以透露的就是那时他负责教地理。地理老师可能是你在中学时代最不重视也最不讨厌的老师之一，所以当他在黑板上画着复杂的洋流图或者告诉你喀斯特地貌形成原因时，你很难想象这个年近五十又貌不惊人的男老师一手建立了尾巴小组，并且每一名成员都经过他的细心挑选。

　　比如我。

　　如前所述，那时的我怀有野心，但却无法改变游戏规则，只能改变我自己。如果时间提前或者推延几年，我可能会永远是个劳动委员，负责监督大扫除和值日生，用手指抹遍椅角旮旯里的灰尘；当一年一度的粪便卫生检查来临时还要负责收集和保管全班所有人的排泄物样品，为此被某些人暗地耻笑，并得到一个极富性格的英文绰号——"Oh·Shit"。

但现在是 1996 年，早恋的瘟疫开始蔓延，龙虾出现，并带给我一个可以获得晋升与腾飞的身份："尾巴"。

那一刻我忽然意识到，这真的是我应该身处的时代。

毫无疑问，那个解救我于水火之中的电话应该就是龙虾打来的。由此可见，上头打击早恋的态度是多么坚决，与之相应的则是尾巴成员的特殊权利：有权查阅学生资料，个人行为不受怀疑、不受调查、不受干扰，确保每条跟踪的道路畅通无阻。

与之相应，抓出早恋就是我必尽的义务。

3 ══════════

陈琛手表失窃的体育课，在那可疑的二十分钟里，我并没有去上厕所。

诬陷我的人可能的确看到了我从文体楼里走出来，

但我去的不是西楼，而是东楼。除了高三教室，各科目老师的办公室都设在东楼。其中三楼有一间最角落的面西房间，名义上挂着"地理兴趣小组活动室"的牌子，实则是地理老师龙虾真正的办公室，也是尾巴小组的大本营。

我趁着体育课去见龙虾，是要向他报告一个紧急情况，事关我的跟踪目标"马可尼"。

给每个目标起代号是龙虾出于保密考虑的做法：男生目标的代号都是外国科学家的名字，高一的用数学家，高二的用物理学家，高三的用生物学家；女生则用化学元素名，高一的是非金属元素，高二的是金属元素，高三的是气态元素。

目标代号"马可尼"的，是高二（3）班的体育委员王丰，形象健康阳光，生就两条大长腿。可惜的是，我现在每天只能眼睁睁看着他回家而不能跟踪。因为就在我接到指令开始跟踪他的第二天傍晚，回家的路上我们发现一个小偷正在掏一个老太太的包。

王丰是个不折不扣的愣头青，别的路人都佯装不见，他却要见义勇为，路见不平一声吼，把小偷吓跑了，然后自己就冲了上去。这下搞得我很为难，因为尾巴在接受基本培训的时候被告知得很清楚：跟踪目标时，尾巴自身的安全和隐秘是第一位的。而且那个时候，社会上已经不流行"和歹徒作英勇斗争"了，而是讲求实用哲学的"给歹徒钱，留自己命"。但当时情况紧急，我也脑子一热，跟着追了上去。王丰最后把人家追到了一个老式弄堂里，在派出所的民警及时赶到前，两人作了一场动静大但危害小的贴身肉搏。

不幸中的万幸是，那个小偷是个既没凶器也没同伙的初犯，两个人又都是打架斗殴方面的菜鸟。事后的医院检查表明，王丰只是擦破了两处皮，被揪下几根头发，手腕留下很多抓痕。将来王丰就算为了要离婚而跟老婆打一场架，伤亡也不会比这个轻到哪里去。但这些无疑已经是英勇事迹的最好佐证，毕竟当时没人知道这小偷是不是带着凶器或者会什么武术。

总之，学校抓住了这次机会，以向来擅长的方式铸造出了一个英勇、正直、善良的模范学生形象。报纸的记者先后采访了校领导、班主任和王丰家长。考虑到王丰可能给学校带来声誉上的利益，所以上头下了命令，要尾巴小组暂停对王丰放学回家后的秘密跟踪。

龙虾本人对这道命令是很抵触的，但他没有当面反对，因为这道命令本身就有个很大的疏漏：停止**放学后**跟踪王丰——就是说，在平时还是可以跟踪的。

发生手表失窃案的这个星期，正好是我们班轮岗值勤，我被分配到校门口的岗位。时值秋冬之交，大门口最冷，一天要出勤两次，并且抓到迟到之类的违纪者，又得罪不少人，是个苦差。

学校规定早上七点半关校门，此后再来的学生只能从边上的小铁门进来，并留下学生证作迟到登记，在上午第一节课前汇总给学生纠察处和各位班主任。迟到次数最多的"月冠军"班级的班主任要为此扣奖金，另外迟到者的姓名还要在校门口的黑板报宣传栏里公示。

陈琛手表失窃的这天早上，王丰正好迟到了。这小子既然能在同学面前自吹"要不是民警及时赶来，我差点就把那小偷给废了"，自然也能厚着脸皮跟我们班执勤员要求通融一下，放他一马别记名字。七点半之后校门口就我和另一个执勤员留守，边上没老师和其他人，按理是可以睁一只眼闭一只眼的。

偏偏这个时候，我们班主任来了。当初王丰见义勇为的事迹让（3）班班主任拿了二百块钱的奖金，羡煞其他班的老师。我们的班主任历来是个喜欢攀比的人，现在终于找到了机会："哟，这不是王丰么？怎么？昨天复习功课到那么晚？"

此言一出，我们仨都明白王丰这次跑不了了。另外那个执勤员一脸严肃，让王丰把学生证拿出来（不是不认识，但就是要走个形式）。王丰可能是还没从"英雄"的光环里清醒过来，牛脾气一上来，讲："没带！"

班主任说："那好，再记一条'忘带学生证'的违纪行为，你把课本拿出来记下名字。"王丰连吃哑巴亏，没好气地打开书包往外拿出作业本交给我。我怔了怔，接过，在登记本上记了名字，说："第一节课前我们会还给你的。"

王丰合上书包说："好啊，谢谢了，（看着我们班主任）谢谢你全家。"

但我此刻却没心情去看我们班主任的表情——我刚才怔了一下，是因为王丰把本子递给我时，我无意中瞥到了他手上用蓝色圆珠笔写的几个阿拉伯数字，显然是他打电话或者谈话时随手记下的。尽管字迹潦草随意，而且被手心的汗水弄得略为模糊，但王丰将它们写得很大，所以我很快辨认出来那上面写的数字是：四，12半。

假如前面这个汉字数字表示星期的话，那么不巧，今天就是星期三了。

4 ══════════

十二月十九日，星期四，中午十二点二十分，天气多云转晴。

高二（3）班体育委员王丰并没像往常那样吃过午饭之后和同学踢足球，而是问同桌借了一辆自行车，出了校门之后往东骑去。

时值中午，马路上车流稀少，所以我——来自高二（7）班的劳动委员兼尾巴跟踪小组成员林博恪——并没有和他保持着传统的四十米安全距离，而是在马路的另一侧逆向行驶，前后绝对距离在五十米左右。

这次跟踪王丰的行动绝不是我自作主张，而是那天体育课上向龙虾汇报了我在他手掌上看到的那行数字之后，这位尾巴小组的领导人经过深思熟虑作出的决定。尽管我们一度暂停了对他的跟踪，但这并不意味着就一直停止。对学校来说，多一个英雄和少一个早恋的学生，他们一定会选择后者。

龙虾这次甚至聪明地钻了一个空子：学校最高领导的批示是暂时不要在放学后跟踪王丰，所以这次中午的跟踪就不属于"禁令"范围之内，这样"马可尼"王丰同学就能用实际行动来解答我们心中共同的疑惑：

今天中午十二点半他究竟要去哪里？做什么？见什么人？对方是男是女？

一路平安无事地骑了十分钟，最后跟着王丰来到了外国语大学后门那片居民区。他拐进一条社区小路，七拐八绕，最后在一幢老公房前停了下来。

根据我脑海中的记忆，王丰他们家不住这里，所以他要么是来看亲戚或者老同学，要么就是来会生病在家的小情人——二者必居其一。

王丰把车停好之后毫无戒备地转身进楼，我很犹豫是否要跟进。这样的老楼楼道狭小光线昏暗，走廊里往往有很多居民堆放的杂物，进去之后万一被发现就很难逃脱。

忽然我看到一楼某扇窗户里人影飘动，接着传来一个男人慵懒却大嗓门的声音："噢哟，你来了啊。"

此前就王丰一个人进这栋楼，所以"来"的人只能是他了。我学习电影里解放军炸碉堡的战术动作，斜着迂回到大楼的墙边，然后轻而慢地猫着身子钻到那扇窗户底下，不一会儿王丰的声音就从里面飘出来了："刘哥，这钱您点点。"

搞了半天这小子是还债来了？我顿时大失所望，但却不急着走开，而是继续听下去。那个刘哥似乎把钱点过了，有些讶异地问怎么就这点？王丰说没有啊我都带来了，加上我半年里陆陆续续还的，一共三百五十块。

刘哥说："你是我亲戚啊？不要利息的？"王丰"啊"了一声，过了半天毫无反抗地问利息要多少。刘哥说五十就行，正好再还一个月。王丰没说话，刘哥大概是在开导他，说你这笔钱前后足足欠了半年，收点利息不过分吧？现在都市场经济了，银行借钱也收利息——也怪你小子运气不好，今年欧锦赛谁知道还就他妈让德国佬赢了。

我这时才反应过来，原来王丰这小子今年暑假的时候参与赌球了。他应该赌的是当时人们普遍看好的捷克队，结果未料在决赛时点球输给了德国队，赔了一大笔钱，于是陆陆续续还到了现在。

我正准备离开，一件意想不到的事情发生了：那个叫刘哥的家伙应该是将一大缸子隔夜茶往窗外随手一倒，结果正好有一小部分浇在了我头上。隔夜茶水不烫，不过这突如其来的情况还是把我吓了一跳，于是大叫一声，顿时暴露了自己的存在。

刘哥绝对属于反应快的，大喝一声："谁?!"但因为是一楼，窗户上装着防盗铁栏杆，他无法把头探出来看。这个防盗设备反倒给了我及时逃跑的机会，但同时我也听到刘哥对王丰喊："出去看看! 快!"

我往自己停车的地方飞奔而去，路过王丰停车处时还不忘朝最外侧的车狠踢了一脚，十几辆车宛如多米诺骨牌般倒下，最后将王丰的车子压在当中——他等下绝对要花一番工夫才能把它拖出来。

但王丰在足球场上向来有"跑不死"的外号，当初猛追小偷也印证了他的长处，所以他眼看自行车一时取不出来，索性光靠两条腿来追我。

王丰这种拼命三郎精神是有根据的：假如他的赌球行为被学校发现，那无疑是要被开除的。所以我根本来不及推车走人，只能先往新村外面跑。

接下来发生的事情就很戏剧化了：王丰一路狂跑（也许还有刘哥），出了新村大门，赫然发现外面的马路上，四处都是附近一所中学趁着午休出来吃饭或者逛街的学生——他们都穿着和我们学校一模一样的健生牌校服。

其实我中午出来时从龙虾那里借了件外套，但校服还是被我扔在车斗里，就是为了以防万一。当我跑出新村发现了满大街的"健生牌"时，不假思索立刻把手中叠成一团的校服披到了身上，消失在人群中了。

不幸的是，我回到学校才发现，自己的值勤证在奔跑中丢失了。

然后它被王丰捡到了。

5 ▅▅▅▅▅▅▅▅

那张值勤证我一开始是放在校服口袋里的，天知道当我逃到马路上并将校服披上时它是不是已经掉落。

我回到学校准备继续值勤，才发现空前的危机已经降临到了身上。

我们学校的值勤证规格样式统一，不写编号也不写学校名称，给其他学校的人捡到根本无法辨认出来。但假如是王丰捡到那可就不一样了，何况一个月前他们（3）班刚刚轮完值勤周，这块牌子应该再熟悉不过。

龙虾说过，尾巴的第一原则是保密，绝不能暴露自己。

我那时还不能确定证件是不是给王丰捡走了，但可能性很大。如果我是个二百五一样的傻男生，对此不屑一顾，那么万一他拿着这块牌子在我们（7）班挨个看过来的话，我可就嫌疑重大了。况且王丰应该比我早回学校，因为他在追丢我之后肯定直接回来，而我还要确认安全之后再回去拿车。

我直奔班主任办公室，问她有没有多出来的值勤证。

班主任眼睛朝我一瞪，说："我哪有多出来的证件？对了你跟下面的人说一下，弄丢了值勤证要赔偿的啊，两块钱一张！上次其他班级就有人丢过——还有，这些语文作业本你拿回去交给课代表，让她下午上课前发下去。"

这老娘们当然不能理解现在压根不是两块钱的问题。我抱着那叠本子转身往楼上走去，现在似乎只能找龙虾帮忙了。但是我到了那里却发现门锁着，里面没人，不知道这唯一的救星做什么去了。

该死！

我咬咬牙，想绝不能坐以待毙。现在唯一比较保险的办法就是赶快回教室，拿别人的值勤证顶替一下。这也许看起来很卑鄙很下流，但关键时刻保全自己才是最重要的，面对王丰和小偷搏斗时是这样，现在亦然。

我刚走到操场上，就看见作为执勤班长在四处巡查的陈琛，顿时两眼冒光，问他这里有没有多出来的证件，我急着有用。他说没有，不过可以先把自己的借给我。我连忙谢绝他的好意，又急匆匆地走了。

虽然陈琛没帮上我的忙，但他的出现启发我想起了一个最好的人选，就是陈琛的同桌。这个人负责早上车库的值勤，平时都把值勤证丢在课桌里，甚至也不带回家，而他中午一般都会去文体楼的乒乓房打球。

又是乒乓房，又是偷。历史的车轮转得真勤，这么快就转回来了。

然而刚走到我们班那层楼，就发现王丰已经站在了教室门口，正一脸冷峻和肃然地靠在门边上，明目张胆地观察着进进出出的学生。

在此之前我从未在这个热爱运动的大男孩脸上看到这样可怕的表情，好像是锯子刻在岩石上的作品，并且还浇上了硫酸。他拦住每一个胸口没有值勤证的同学，口气生硬地问他们是不是掉了牌子。但每个人都令他失望地从口袋里拿出自己清白无辜的证明。

王丰带着狐疑的脸色放过他们，然后继续等在那里，另一只手拳头紧握，并且不忘四下张望，然后就往我所在的楼梯方向看过来。

但他没看见我。

在刚发现王丰扭头的一刹那，我已经闪身躲到了楼道拐角的后面，然后背靠墙壁。在那一瞬间我相信自己都瞥见了他手里攥着的一个长方形物件。

怎么办？

我咽下一口口水，确定他刚才应该没看见我，在心里又默数了四五秒钟，终于鼓起勇气慢慢将身体往走廊方向挪动，想要再次窥探一二。

但我的眉角刚刚接近墙角的边缘，最外面的胳膊肘就被人用力拉了一下，整个身体又退回到了墙壁后面。在这样一个突如其来的时刻，我的下意识反应居然是用力稳住手里的那一大沓该死的本子，然后就看到了一个剪着齐耳短发的矮小女生出现在眼前。

她戴着偏厚的眼镜，冷冷地看着我的狼狈相，将一张值勤证摆在那叠本子的最上面，同时嗓音压低道："林博恪，没有比你更蠢的尾巴了。"

第三章　剪刀小组

1 ══════════

关键时刻忽然出现的这个女生叫南蕙，王丰他们高二（3）班的班长，同时也是尾巴小组的一员，只不过她所负责的那个环节不是跟踪，却是检查私人通信。而她们这种身份则被称为"剪刀"。

1996年，手机尚未在校园出现，电脑也不普及，在家煲电话粥容易被父母喝止，所以不同学校间的学生多靠信件交流。除了情书这种最直接的证据外，学生们往往会在普通的通信中对自己学校的早恋状况提到一二，尤其是当事人的具体身份等等，这些蛛丝马迹能够有效帮助尾巴精确锁定跟踪目标。

由于事关重大，龙虾把这份工作交给了南蕙等两三个最可靠也最细心的女生干部，并且一切都以最隐秘的方式操作（我也是后来慢慢才知道的）：

　　每天上午邮局至少给学校送来二三十封学生私人信件。邮递员一离开，门卫室的人就会打电话给龙虾，让他将私人信件悉数取走。这些信件要等到当天放学之后，在龙虾那间反锁了的办公室里，南蕙她们用化学老师秘密提供的特殊药剂小心化掉封口的胶水和浆糊，把里面的信件细读一遍，将可疑的字句摘抄下来备案，然后再把信放回去重新黏合封口。龙虾将检查过的信件存放在安全的地方，翌日一早再悄悄交还给门卫室，放入各班的信件筐中。

　　有鉴于此，这所学校的学生收到私人信件都会比正常时间多一天。而假如是周五就该到的信，则要等到下星期一。但整天待在学校里念书的学生们很少会去注意这个，何况信封上的邮戳也只有进邮局的时间。

　　事实证明，截查私信的确是个行之有效的方法，很多平时无法轻易发现的线索和讯息都被南蕙她们截获（当然其中也不乏完全是捕风捉影的长舌妇交流），然后上报给龙虾，再由龙虾向尾巴们下达跟踪指令。

　　正因为南蕙隐藏得这么深，也因为她是龙虾真正的心腹，所以对我的尾巴身份和我今天中午的跟踪行动也了若指掌。但当她发现和自己一个班的王丰怒气冲冲地回到学校，同时手上还攥着那么一张值勤证件时，长期检查信件而培养出推理能力的南蕙立刻明白我的跟踪出了差错。

　　更叫人啼笑皆非的是，王丰这个傻瓜居然还过来请教自己的班长，问她这是不是自己学校的东西。南蕙表面上不动声色地说的确是，一等到王丰离开就直奔龙虾办公室却扑了空。

不过幸运的是，甚至可以说是无法令人相信的是，南蕙同学在回教室的路上捡到了我们班不知哪个大笨蛋掉落在地的值勤证，于是立刻赶过来，要在有史以来最蠢的尾巴林博恪回到教室自投罗网之前找到他。

接下来就是瞒天过海了。

那天我们学校最失望的人可能要数王丰。他在我们教室门口待了许久，最后万分沮丧地发现唯一一个没戴值勤证的执勤员是一个身高仅一米五八、体重不足八十斤、脸色苍白的瘦弱女生。这种女生王丰用一条腿跳着跑都能追上，显然不是今天中午跟踪他之后又逃脱的那家伙。

天不亡我。

2

因为中午跟踪王丰时险些暴露了我自己，因此"马可尼"行动被龙虾勒令全面停止。虽然从王丰自己的角度说，他顶多怀疑自己的赌球行为被学校里的人盯上了，而不是早恋方面出了问题，更不会料到学校里存在着这么一个复杂而专业的跟踪小组。但龙虾是一个小心惯了的人，何况学校高层并不允许这段插曲——要是连他们也知道了，恐怕连龙虾也会倒霉。

这段时间里，南蕙也很紧张。和王丰身处同一个班级，她分外小心而仔细地观察他的一举一动，就是为了防止他将手中的值勤证这个证据公布出去。但毕竟王丰心里有鬼，终究没有勇气这么做，在学校里表现得很低调，连中午之后的踢球活动也时断时续，不清楚他到底在想些什么。

至于我，由于行事鲁莽和经验不足，被暂停了一切活动权限：没有跟踪任务，并且如果没有指令，不得擅自前往"地理兴趣小组活动室"。

但我知道，总有一天尾巴小组还是会把我召唤回去。因为在这所一千二百多人的学校里，拥有地下恋情的可疑分子太多了，而愿意为学校刺探和跟踪他们的人实在太少了，大约也就十五个人左右，刚刚突破百分之一的比率。

被"停职"之后的第三天，我们班上午第四节正好是龙虾的课。之前他发地理作业本总是分组传下，但今天他却边讲课边走下来，亲自把它们放到学生的课桌上。我拿到自己的本子时立刻觉得异样，悄悄一翻，赫然发现在某页有一大张用透明胶粘着的学校食堂饭票，上面的小方格都还没剪开。

要说明的是，父亲过世之后留下了一大笔债务，家里的经济条件十分困难，所以我的学费才享受了半免待遇。进了高中之后，我从不花钱在学校食堂就餐，每天都像我妈一样带着家里的剩菜剩饭和馒头咸菜。当其他人挤在食堂里吃着热饭菜时，我就独自躲在西楼天台上独享"家"肴。而自从当了尾巴之后，跟踪任务导致体力消耗不少，但我的营养补充依旧只有这点，还要分散用于每天夜里弄到十一点的作业功课。

龙虾不愧是尾巴小组的领导者，对这些情况也能察觉。

后来我仔细数了一下，这些饭票正好够我吃到这个月底。但在当时我立刻合上了本子转身去看龙虾，他却毫无异样，一边说着阿巴拉契亚山脉和安第斯山脉的情况一边走回讲台。

那节课我走神良久，结束后我连忙到走廊上叫住他。

龙虾转身看看我，神情严肃而自然："林博恪呵，你这次的地理作业不算很好，但看得出来你很用心。以后有的是机会证明自己，学习上要跟紧，但也要注意身体，知道么？"

当时走廊上有不少学生经过，我不可能像龙虾那样语带双关地说话，只能点点头。

龙虾的嘴角往上扬了一下，便转身离去，我插在外套口袋里的右手轻轻捏紧了那张食堂饭票，犹豫了几秒钟，朝他离开的方向微微躬了下身。

从那之后，龙虾每个月都会以不同的方式悄悄地送给我饭票。

3 ≡≡≡≡≡≡

尽管我现在中午能吃到一荤两素的热饭菜，但随之而来的，是会遇到一些我不想遇到的人。

比如高三政治班的马超麟。

尾巴小组成立已有快两年的时间。最初的成员不过三四人，后来才慢慢扩大了队伍，并增设了剪刀小组。这最早的几个元老成员如今都飞黄腾达，均为班长和学生会部长级别，有一个还做到了副主席，并且大多享受着奖学金和优秀学生的称号。故而尾巴小组都以他们为榜样和楷模。

马超麟就是这批元老之一，虽然由于升到高三而退居二线，但依旧是龙虾的得力助手，担负着向其他成员传递消息和命令的责任。不过跟那些怀着功利目的的尾巴不同，马超麟的母亲是我们学校的行政管理人员，他属于高级教工子女，本来就能享受到一些软性福利。干上尾巴这一行，完全是出于他的"兴趣爱好"，说白了，就是变态的窥私癖。

当年我接受的第一个任务，是跟踪学校篮球队一个代号为"安培"的中锋。本来我已经发现了重要的线索，就是他某天放学后在礼品店买了一条 Hello Kitty 的围巾。但忽然马超麟出现了，说最近学校篮球队有重要比赛任务，上面指示暂停跟踪，等比赛结束了再说。

马超麟是元老级前辈，他的话我自然深信不疑。谁知两天过后，安培就因为早恋问题到螃蟹那里去喝茶了。我这时才反应过来马超麟是假传圣旨，龙虾压根没下令暂停跟踪，是他出于享受抓获情侣的快感而抢夺我的战果。

为了这件事我和马超麟大吵了一顿，大家都把话说得很难听。马超麟和我们班那些排挤我的原班人马的一大区别就是，他总是很直率，说话带着赤裸裸的歧视，说我是一个三流初中出来的人，按理脑子应该更加活络一些，我要是有他一半聪明，早半个星期就把安培拿下了。

最后这件事情还是不了了之，因为马超麟毕竟是功绩卓著的元老，母亲又是那样的背景，龙虾只是让他下不为例，就算了。但在那之后我们每次在学校里偶然遇到，都是横眉冷对。

现在在学校食堂，又增添了仇人相见的机会。

有了饭票之后，平时我都和陈琛一起吃饭，但那天他正好请病假没来学校，我孤身一人，就去得比较晚。结果同样来得很晚的马超麟看到了我，便眉毛扬扬走了过来，居高临下语带讥讽："哟，林博恪，现在日子好过了啊，以前都没怎么看到你来学校食堂吃饭。"

我放下筷子，讲："因为学校饭菜质量好啊，可惜，现在没胃口了。"

他笑笑，比哭还难看的笑容，薄薄的嘴唇宛如被刀划开一条口子："听说你最近活儿干得不错啊，差点让人抓个正着，害得龙老师被请到行政楼去跟领导解释情况。"

我脸色陡变。我一直以为上头不知道这件事情，原来，龙虾还是扛下来了。

马超麟扫了眼周围，见没什么人，压低声音："你好像到现在连一对人都没抓住过，我觉得既然没有两把刷子，就不要在我们这里混，否则还害了我们，何苦呢？嗯？"

我说："你真走运，我刚才把汤都喝完了。"

马超麟毫无惧色："就算有，谅你也不敢。我妈说学校最近在制定新一批的学费全免的学生名单，你可是热门人选，所以最好悠着点儿，别让老师和你妈妈失望。"

4

马超麟把话说到了点子上，我再怎么对他恨之入骨，在钱的面前却依旧气短。虽然我到现在的学费都是半免，但依旧是个负担。

私底下，我的确羡慕他有那样的母亲：大学毕业，重点高中的资深财务管理人员，有学校最准确的内部消息，子女考高中还有分数优惠政策。而且她很较真，不像其他老师让自己的子女打擦边球，在饭菜质量更好的教工食堂用餐，而是让马超麟跟普通学生吃在一起。

很难理解这样的妈妈会有这样的儿子。

尽管如此，我从没有嫌弃自己的母亲，从来没有。

她是个伟大的女人，和我一样小心谨慎兢兢业业勤俭持家。

我还记得，当初龙虾第一次以地理老师之外的身份见我，向我挑明有尾巴这么一个组织，并且正在招收成员。我那时纯洁无瑕，觉得这样做实在不太好，便婉拒了。

而且那个时候，我还沉浸在校门口的黑板报公告《助人为乐五干部》带来的美妙幻觉里。那是一次去森林公园的学校春游，有个男生不小心掉进河里，很快被救了上来。因为天冷，落水者浑身湿透，不换衣服的话肯定要冻出肺炎，在场的几个干部脱下自己的衣物给他换上。当时我也在场，贡献了一条棉毛裤。可能我妈在它上面打的补丁太多了点儿，显得有些不堪入目，连落水的男生接过去时都怔了一小下。事后我们五个干部的名字在校门口的黑板报宣传栏里出现了一个礼拜。我一度以为这会让我的校园生活得到哪怕一丝的改善，但事实却是没有。我依旧是个默默无闻的劳动委员，落水的学生后来看到我也形同陌路。更可悲的是，因为棉毛裤上的补丁，我还获得了新外号："补丁程序"。

就在拒绝龙虾的当天下午，我放学回家，在楼道里遇到了隔壁女邻居下楼买菜，她很惊异地看看我说你今天回来很早嘛，快点上去吧，你们家今天又有人来要债了，还大吵大闹的。

我闻言大惊，一改刚才有气无力的步伐，紧憋着一口气冲到了四楼。

父亲死的时候欠下了亲戚和朋友几笔债，这几年里母亲陆陆续续还掉了一些，但距离全部偿清还是有很大一段距离。因此每过一段时间，我们家就会有债主上门，客气点的就坐几分钟，无非扯扯我爸生前和他们的交情，暗示早日还钱；不客气的就无理取闹，把我和我妈当作发泄对象。

但这次大吵大闹的人似乎不光是嘴上说说，因为当我赶回去时，发现家里一些瓶瓶罐罐被打碎了，桌子椅子也似乎被移动过，更可悲的是，我们家唯一值点钱的电视机也没了踪影，原本的电视机柜子上此刻空落落的，让人看了怪不习惯的——尽管它只有十四寸大小，并且颜色失真。

显然那个要债的人有点饥不择食，为了抵债把它给搬走了，现场应该还有过一番争夺，因为我发现我妈的衣服下摆都歪了，额角的头发也乱了。她此刻正蹲在地上收拾打碎的热水瓶碎片，手背上还留着两道红色的抓痕。见我提着书包愣在那里，她撑着膝盖缓缓站起身来，讲："你爸的同事来过了……"

我"哦"了一声，却还在看那个电视机柜。她捕捉到我的眼神，就没再说话，而是拿着簸箕往门口走去，说："我这就去做饭——噢对了，那台录音机我没让他们拿走，你要拿来听英语磁带的，平时你不用的时候就放在床底下吧，省得积灰。"

我听完又"哦"了一声，在屋子里环顾一圈，终于在衣橱后面的角落里发现了那台录音机，便把它拖了出来。

这台录音机还是当初我爸一个到国外出差回来的朋友送的，我记得他把它拿回家时曾对我说过这么一句话："你要好好念书，以后也考大学，然后出国，总之，成绩一定要好。"

但他活着的时候没有料到一点，那就是当他的儿子终于进入区重点中学之后，发现成绩好的人比比皆是，比毛驴身上的跳蚤还多，而学校里有限的高考优惠政策，诸如"加分考试"的资格等等，只给那些成绩优秀、工作职务较高、履历出众的"尖子"。想要从这里出人头地，光凭成绩好是没用的。所以，有些事情就是要靠自己争取才会有结果，而龙虾说的那句话也不无道理：如果觉得你付出的和所得不相符合，那也许是成功之前的时间问题。

翌日，我主动去找龙虾。

从那天开始，林博恪虽然是一个家里连电视机和座机电话都没有的中学生，但同时也成为了一名尾巴。屈辱给我带来了空前强大的决心，那就是既然我能够从龙虾那里获得另一重身份，就不会轻易放弃它——哪怕不择手段，即便困难重重。

我发誓。

第四章 自己人才最危险

1 ════════

生活之所以奇妙，是因为它总是充满突如其来的变化，宛如更年期妇女的情绪状态。

和马超麟在食堂恶言往来之后的第二天，陈琛依旧没有来上学。到了上午第三节课前，班主任才在临时班会上宣布说，陈琛因为先天性心脏病突发，昨天住院抢救，目前状况稳定，但是要段时间才能回学校。

在他病休期间，班长的职务由我来代理。

是的你没看错，由我，班级劳动委员林博恪代行班长职务。

班主任宣布这个人事安排时，下面自然一片哗然。

我们班主任平时在班干部的调动上自说自话惯了，降你撤你没商量，升你提你自然也不商量，甚至连事先的招呼都不打，导致我班上下十几号干部在之后的两节课里不断走神郁闷不已。

不过班级里一直戏弄我的那帮人很快反应了过来。中午我吃完饭回来，就发现自己的课桌上被人用白雪修正液写了三个大大的字：

"你不配！！！！！！"

我的同桌依旧是活死人风格，对这件事情一问三不知，说他那时去上厕所了。

不过说实话，我自己也没完全从一步登天的状况中反应过来。一直到午休时学校广播通知"高二各班班长开会，会议重要请勿迟到"，我都没意识到那请勿迟到的人里我也算一个，结果真的迟到了。

等我拿着本子和笔赶到行政楼五楼的小会议室时，各班的头头脑脑都已落座。我瞥到靠近门口处还有一个空座位，便悄悄坐了过去，结果发现身边的人竟然是高二（3）班的南蕙。

其实撇开南蕙的另一重身份，光就班级来说，我们的关系也是微妙的。高二（3）班在我们（7）班的下一层楼，所以平时很少打照面。但高二年级的（2、3、5、7）四个班级在学习成绩上向来竞争激烈，有"四巨头"之称，也被另外四个二流班级戏称为"针尖、麦芒、王八、绿豆"。因此尽管都是龙虾的手下，但此刻我和南蕙不经意间有了种美苏领导人碰头的感觉。

剪刀小组组长看了我一眼，继续做着会议笔录，嘴里却轻声道："恭喜啊，林班长。"

看她毫无诧异的表情，显然是早就知道我的"升迁"。我尴尬地笑笑："以后还请多多指教。"

南蕙却没和我来虚情假意的客套："我是不敢指教你，只是请你以后不要再犯低级错误，枉费龙老师对你的栽培和提拔。"

我诧异："龙老师？"

南蕙停止笔记，瞥了眼正在台上浑然忘我口沫横飞的开会老师，反问我："这所学校有几个劳动委员能一步登天代理班长职务的？你真的相信我们学校会有这样的奇迹么，林同学？"

一切都是龙虾的安排。

我说："龙老师又需要我了？"

南蕙说："我们学校最近出了个长期捐款的女老师，你知道吧？"

我点点头。那个老师最近是我们学校的红人，因为坚持将每个月工资的一半捐给希望小学，被人爆料出来后一直在接受报纸和电台采访。南蕙的暗示很简单，既然这个老师是我们学校新的英雄，那么那个见义勇为的王丰就属于过去时，学校的舆论宣传方面不再需要他，暂停跟踪的禁令便会相应解除。

又轮到我上场了。

南蕙却不紧不慢地给我泼了盆冷水："你别激动得太早，因为你上次表现不好，龙老师正在考虑这次要给你配个搭档。"

我倒吸一口凉气。

为了防止成员有横向接触、知道对方的真实信息，尾巴小组的成员总是单独行动，这是极少打破的惯例。当然，两两合作也不是没有，但前提是两名成员本来就知道对方的身份。想到这里我不禁头皮一麻，因为整个小组里我唯一知道真实身份的就两个人：眼前的南蕙，和……

（3）班女班长看到我铁青的脸色："想来你也猜到了。"

我说："不行，死也不跟他合作。"

南蕙的反问直接而犀利，毫不留情："不合作那就只能单干了，不过，一个从未成功过、差点暴露自己的二年级尾巴，和一个功绩累累经验丰富的高三尾巴，你说龙老师会选谁？"

接下来是足足好几分钟沉默，然后被南蕙打破："对了，你知道未来的新搭档患有酒精过敏么？"

这个问题显然很莫名其妙。这时会议也快结束了，各班班长都在整理东西。她却不急，而是用一根手指推了推鼻梁上那副厚重的眼镜："据说他高二的时候上化学实验课，同桌不小心打翻了酒精灯，结果边上的马超麟肿得像个气球一样，连着两天没来上学。"

我明白了她的用意，虽然这对我来说是个好机会，但还是有些犹豫："这样行么？万一被龙老师知道了……他常常告诫我们，都是自己人，不该……"

南蕙很无情地开导我："你代替了陈琛的位置，怎么脑子也像他一样蠢了？自己人，才最可怕。"

2 ═══════════

我们学校的食堂在每日一汤方面可谓不思进取缺乏创新，五天的汤类我们都可以倒背如流：周一胡椒酸辣汤，周二青菜豆腐汤，周三榨菜蛋汤（蛋花少得可怜），周四番茄蛋汤（蛋花会同比减少百分之二十），周五刷锅水汤。

它们就像一年的四个季节那样准确地出现在食堂的汤锅里，几乎从不变化。

马超麟似乎很喜欢周一的酸辣汤，每次都会吃两到三碗，这我没在食堂吃几次就立刻发现了。于是星期天的晚上，我用一支旧钢笔的芯子汲了点我们家用来烧菜的红星二锅头带到学校。

翌日中午，在食堂就餐之后不到十五分钟，高三政治班的马超麟同学就因为酒精过敏症发作而被紧急送进了医院。据目击者称，他当时"浑身上下肿得像个熟透的柿子"。

由于这次过敏比较严重，他恐怕要在医院里待上四五天左右。

没人知道一向小心的马超麟是怎么会过敏发作的，

也没有人知道那天中午在食堂发生了什么，唯一可以肯定的一个生活小常识是：胡椒酸辣汤的气味能够极好地掩盖住酒精的味道。

对于马超麟的紧急住院，除了他妈之外，学校里最感到遗憾的人就要数龙虾。手下一员大将遭此意外，导致他的计划受到阻挠。当时他手下其他尾巴都各自有任务在身，所以他终于还是只能把任务单独交给我。

现在，没人能跟我抢功了。

更幸运的事情还在后头。

也就在马超麟同学因为酒精过敏送医院的当天下午第三节体锻课，全年级四百多号人在室内室外的运动场上给自己找乐子。王丰照旧在足球场上踢球，结果不小心让人从背后飞铲倒地，导致脚踝骨受伤，痛苦得在地上直打滚，两个班级的男生由此引发了一场介于推搡和殴打之间的小规模冲突。

可对我来说，这却是幸运女神露出微笑的一刻。

当时我对球场上发生的冲突毫无兴趣，只想远离麻烦（闹得最凶的几个笨蛋肯定会为此领受处分），慢慢独自走回教学楼。我知道我们班几个学习尖子女生现在肯定正躲在教室里抓紧写作业。

谁知刚走到二楼走廊，就看到一个女生一脸慌张地朝楼梯口跑去。我看着她跑步的身影，忽然潜意识里执勤班成员的身份被激发出来，对她喊了声："同学，不要在走廊里奔跑!"

对方怔了怔,停止了跑步,甚至还扭头往我这里看了一眼。

我以为劝告起了作用,正要转身,却听到跑步声又响了起来,然后女生消失在楼道口。我皱皱眉头,自己的执勤职责被人忽视,有些不爽。然而一直等我走到教室门口,那个女生刚才的神情再度浮现于我的脑海。

那是一种该怎么描述的表情呢?紧张?失措?悲痛?焦虑?

对,就像一道化学考卷上的综合题,涉及金属、非金属、气体、酸、碱、盐、有机物、水,什么都有点……

化学……女生……代号?!

我猛然醒悟,然后发现教室里那几个女生已经停下笔在那里看着我发傻。我和她们大眼瞪小眼了一小会儿,立刻转身往楼下冲去。

刚才那个女孩,十分可疑!

3

王丰那次脚踝骨受伤的后果就是他需要在家疗养一个星期左右,而对我来说,则是多了一个嫌疑目标。

那天我在教室门口转身朝楼下跑去，得知王丰已经被人抬到了医务室，便立刻赶去，果然在医务室门口围着的一圈人里发现了刚才那个不听我劝阻而在楼道里奔跑的女孩。

她当时的表现实在令人"感动"和"心疼"：站在人群中稍远的地方，眼眶湿润，两只手绞在一起，偶尔咬一下嘴唇。

对于需要保密的1996年早恋情侣来说，这表情真是糟糕透顶。

当然，她有可能只是见义勇为的英雄王丰的崇拜者或者暗恋者，但对于尾巴来说，绝不能放弃任何一种可能性。何况早恋和暗恋都是瘟疫的病症，都可能影响学生的学习成绩，所以一样要根治。

根据我在龙虾这里大量翻阅学生资料后的结果，这位很富有同情心的女生名叫巫梦易，隶属高二年级（1）班，担任的职务分别是文学社和校刊成员、生物课代表、学校学生会宣传部干事。她似乎家境不错，因为平时上学放学都带着在当时的学生里尚属奢侈品的CD随身听。

更加火爆的消息则是——猜猜看——她和王丰都属于"原班人马"那一批人，并且初中时在同一个班级做过两年同窗，后来巫梦易去了提高班。

假如他们两个之间没点什么的话，那我想说，这两年的同学友谊也真够深厚的，值得女孩这么紧张兮兮地一路狂奔然后守在医务室外面。

巫梦易是我跟踪的第一个女生，按照惯例做法她的代号是金属元素，并且还是所有金属元素里面最特殊的一个——液态金属"汞"。

第五章 水银密码

1 ════════════

代号"汞"的巫梦易同学在每天回家的路上都会在三家音像店和一个卖打口碟的小摊处停留一下，其中一家店是大型音像超市，占地面积和客流量都很大，里面格局错综复杂，她往往一待就是半小时——鬼才知道她在里面见了谁、做了什么，所以唯一的办法就是跟进去看看。

巫梦易对这里的布局很熟悉，从容地在迷宫般的货架和海报架之间游走穿梭。我小心地跟着她穿过了古典音乐、戏曲和港台歌曲货架，最后她却一转身，在一张巨大的郭富城唱片海报后面消失了。我加快脚步跟上去，发现那后面只有三两个初中女生在嬉笑打闹。我慌忙四下张望，却一无所获。

幸而这种店都在墙角上装了防盗反射镜，我抬起头想要通过它们帮我重拾线索，却发现已是多余之举。

镜子里，那个女生此刻就站在我身后。

我宛如血液凝固般怔在原地。

她没有动，我只能从镜子里看到她的肩膀和半张死气沉沉的脸，以及背后传来的异常冰冷的声音，每个字都咬得特别重："林——博——恪？"

我眼皮一跳，然后眼球就被外面的灿烂阳光刺激得生疼。

现在大约是十二点三刻，午休时分。我本来在伏案写作业，却不知不觉睡着了。按理现在还没到春天，甚至连新年都还没过，但我却因为花了很多精力在跟踪的事情上，大脑神经在任何可以休憩的间隙都不放过偷懒短路的机会，所以刚才的一切都只是噩梦而已。

我不会那样轻易暴露的。

但对巫梦易的跟踪调查，却的的确确陷入了僵局。

王丰因为脚伤而暂别学校之后，所有的跟踪重点就放在了巫梦易身上。她在学校的少数几个好友都不和她同路回家，所以她总是一个人听着CD随身听慢慢走路。她的确喜欢逛音像商店，我也跟进去几次，并没有发现异常情况。

总之，除了过马路的时候因为专心听音乐而两次差点被助动车擦到之外，路上都是一派平静祥和的景象，我一直跟到她家楼下，也没见她和任何男生有牵连。

但尾巴林博恪要的当然不是这样"田园"般的生活，有几次我撞见巫梦易和她的女友午饭后沿着操场跑道缓缓散步，目光便死死地定在她身上——女孩总是不时脸带微笑地嘴角翕动，不知道在谈些什么话题：音乐？明星？传言？抑或是男生？

当初给巫梦易以水银为代号还真是有先见之明，她就像液态金属那般不可捉摸无法抓牢，她内心的想法一切成谜。

总之，毫无进展的跟踪行动一度将心急火燎的我折磨得几乎发疯。更糟糕的是，根据龙虾传达的可靠消息，王丰在元旦放假之前就会回学校上学从而再度进入尾巴的监控范围。与之相应，我的老朋友马超麟同学也差不多过敏痊愈，将会在元旦前后回归校园。

时不待我，我很无奈。

2 ━━━━━━━━━

1996 年 12 月 29 日，星期天。

由于元旦正好是下周三，所以之前的一个星期要连上九天课到下周二，及至新年便可连续放假五天。这天中午，高二各班班长多出了一个小小的集体活动，那就是在两个老师的带领下步行前往附近的人民医院探望正在养病的前（7）班班长陈琛。

学校每次新年之前都会有这种探视活动，并有校刊的人陪同，以便将活动内容登载于刊物上。

而这次校刊的代表便是巫梦易。

想来巫梦易也是临时被派来跟团。平时她也和陈琛素无来往，所以一路上都显得心不在焉。

和她一样心不在焉的还有我，因为这是我第一次和跟踪目标这么明显地近距离接触。中午动身前众人在校门口集合时，看到她出现的我怔了许久，那眼神应当像暗恋她许久的青涩小男生。幸而同行的（3）班班长南蕙主动走过来问："林班长，发什么呆？"

我这才及时从巫梦易身上收回目光，没让她发现我的怪异失态，同时扭头接过南蕙的话茬："没有，只是很久没见陈琛，有些激动。"

我的确有段时间未见到陈琛了。他的精神状态很好，还是那样笑呵呵的。在医院养病的日子他也没有放下功课，病床边的桌子上摆满了各类课本和辅导书，这个场景立刻被一名男老师用相机照下。

和他相比，校刊记者巫梦易则有些懈怠，一度还找不到她人，后来才知道是没打招呼就上厕所去了。而我已然养成了某种习惯，只要她不在我的三百六十度视线范围之内，心里就有种莫名的惶恐。

但显然陈琛误会了我今天的失态和焦虑，在班长们告别离开的时候悄悄拉住了我的衣角，关切地轻声问：

"他们没为难你吧?"

我知道他指的是我们班级那群"原班人马"的班委,心中有些感动,讲:"没事的,班主任还算支持我。"

我没告诉他班主任之所以支持我,完全是因为龙虾和尾巴小组在学校最高领导人心里的地位所致。

陈琛点点头,没再多说。

走出病房时大部队已经跟着老师下了楼,我刚要追上去,却在楼梯拐角口被南蕙从背后叫住:"人家又没放学回家,何必赶得这么急?"

我悻悻地转身看了她一眼,讲:"只怕跟着放学回家也找不到线索了。"

一度退出我们视线的"马可尼"王丰已于两天前回到学校继续上课,放学后我从校门口一直跟到他家门口,都未发现任何出格举动。而根据我们在(1)班的眼线报告,巫梦易在学校里从未跟任何外班男生接触过,其行径典范得犹如修女。所以光从表现上来看,这两人根本宛如两根毫无关联的平行线,按照各自的生活轨道前行。

南蕙皱皱眉毛:"会不会是在家的时候互通电话联系?"

我摇摇头否定了她的猜测。

据我所知王丰家里经济条件不好,也是靠公用电话对外联系。既然是四周人员嘈杂、使用频率极高的公用电话，那就不可能长时间甜言蜜语。对于两个热血沸腾、激情燃烧的学生情侣而言这显然是不行的。而两人的家隔得比较远，通信上又不自由（那时大部分父母都觉得拆看子女的私人信件是天经地义的事情），所以我实在无法想象他们依靠什么来保持联络。

难道是我判断失误了？

该死的，不可能。

想到这里我咬咬牙，胃部有些隐隐作痛，这是我焦虑和压力大时会犯的老毛病。然而南蕙的一句话却让我原本发青的脸色一下子转向缓和："那你知不知道王丰中午有时候会去图书馆？"

嗯？

就我所知，王丰午休时不是和同学踢足球就是窝在教室和男生聊游戏和体育，他这么一个四肢发达的人去图书馆，简直就像老虎去菜地啃胡萝卜。

但南蕙却说她以前有几次看到王丰从学校图书馆的方向出来往教学楼走去。她和王丰在一个班级，也算朝夕相处，绝不会认错人，而且就在昨天她还亲眼看到过一次。

这个消息顿时让我双眼放光："这小子去那里干吗呢？"

南蕙眼带嘲讽地看看我，举起右手食指和中指并拢了几下："这个问题就留待你自己去考证了——我只是剪刀，你才是尾巴。"

3 ═══════════

　　图书馆地处校园北角，馆内藏书号称四万，实则三万不到。因为1996年初的时候学校对图书管理进行了整顿，将容易引导学生不务正业的武侠、侦探、科幻类小说清洗殆尽，只留下革命作品、经典名著、科普兴趣、教学参考类书籍，从而导致图书馆的男生流量大幅度下滑。

　　正是因为这个原因，本身就不大爱看书的王丰数次进出这样"干净"的图书馆相当可疑。当然，图书馆阅览区也有体育类期刊读物，可基本上都至少过期两个月，对王丰这样的男生毫无吸引力。

　　尾巴小组的特殊地位再度为我提供了相应的特殊权利。由于龙虾事先给图书馆负责人打过招呼，那两个平日里态度傲慢、表情生硬的图书馆老师毫无怨言地为我提供了图书出借纪录。

　　不出所料，王丰打进这所学校起就压根没在图书馆借过一本书。相反，巫梦易高一时便是这里的常客，几乎每个礼拜来一两次，多则三次。

　　马超麟或许是个纯粹的浑蛋，但他当初对我的羞辱和教诲却的确让我从中受益，那就是尾巴除了会跟踪之外还要有观察力和推导力——我仔细研究后发现从高一下半学期某阶段开始，她不再借阅文学作品，而是改成一些很生僻冷门的书籍。这几十本门类庞杂的旧书的共同点就是借阅次数稀少，大部分甚至是被第一次借走，我现在再度将它们找出来却也不费什么力气。

然后我就发现了美洲大陆。

每一本被巫梦易借走过的冷门书籍，在书的最后那页上都无一例外地写着一长串阿拉伯数字。这些数字少则十余多则近百，但无一例外地采取"## · ##"的分组排列方式。

以前我听人说起过这种数字和汉字密码的组合，貌似最早来源于侦探小说：每组数字对照某本书里某页某行的某个字，连起来就是一段话。显然是巫梦易每次借书之后将这密码留在书里，然后王丰再把它们找出来一一解码，这样两人就能不直接接触却保持着笔友般的亲密联系。外人若想要破译这种密码，难点不在于读行读页，而是找出那本参照的书籍。

可我查遍了在图书馆里找到的那些记着密码的书籍，却没一本能和这些密码对应起来，因为常见的密码都是"##（页数）· ##（行数）· ##（列数）"的格式，而巫梦易的密码在今年十月之前还是这个正常格式，十月之后却变成了"## · ##"，少了一个关键数据。

这就只有一种可能，那就是她和王丰约好了每次都只用某本书的固定的一页。可是，什么书上的汉字会那么全？难道巫梦易专门自己绘制了一张密码对应的汉字表？

要真是这样，光在这里翻书是没有用的，必须要搜查一下她的课桌或者书包⋯⋯

南蕙得知我的这个想法后，轻描淡写地道："你疯了么？"

我当然没疯，可我觉得我快了。

时间已经是 1996 年 12 月 31 日，学校里人心涣散，教室内挂着一些增添节日气氛的玩意儿，大家全然没了念书的心思，只等着今天放学明天放假过新年。可气的是"马可尼"和"汞"中午也都很太平地没去图书馆，让我抓不到任何线索。

但我没想到当天下午，线索就来找我了。

我更没想到的是，线索居然是我自己班级里的反对派们设计的一次恶作剧。

当时我心情很糟糕地上完厕所回到教室，打开自己的铅笔盒拿圆珠笔，却发现我原来的文具都不见了，取而代之的是很多很多各色各样用剩的粉笔。我想那帮算计我的人真是用心良苦，收集这么多两三厘米都不到的粉笔头也实在难为了他们⋯⋯

等一下！粉笔？

此刻躲在角落里暗笑着打算看我笑话的人肯定分外诧异，因为我既没有暴怒也没有像以往那样忍气吞声无动于衷，而是像被电门电到了般冲出教室。

那一刻，我内心激动得丝毫不亚于在澡堂里发现怎么用水来称皇冠的阿基米德老先生。

巫梦易！巫梦易的粉笔！

她是学校学生会宣传部的干事，因为写得一手好粉笔字，所以每个星期学校门口那块大黑板宣传栏里，新闻快报和文学园地都是她一手负责誊写。而文学园地有一个板块是诗歌，每期的内容是她自己写的，里面要用到什么汉字，完全由她说了算！

黑板报上的文字，是不需要三段式密码的，它没有页数，王丰只要抄下那些数字，然后像个平常的读者那样站在黑板报前慢慢对上号就行了。

光天化日，众目睽睽！

这对狡猾的情侣，胆子太大了！

一直到后来我才知道，在 1996 年 10 月之前，黑板报宣传栏上的长诗并不是巫梦易和王丰的密码参照，而是两本一模一样的小说。后来王丰把那本书搞丢了，巫梦易又不愿用课本，就利用了自己宣传部干事的职务之便。而我误打误撞，不能不说是走了狗屎运。

但毕竟运气是留给有预谋的人的，尤其是那些蓄谋已久的人。

尽管前几期的黑板报早已经被擦去，但学生会宣传部每期都有手写的文字稿作为备案，防止被一些人恶意擦去之后留下难堪的空白但却无法恢复内容。

这些备案被我们悄悄地复印了过来。但由于诗歌在手写稿上是不空行地一口气抄到底，所以原有的排列方式都被打乱。剪刀小组的几名成员临时加班，只花了半个小时，就拼拼凑凑搞出了两个月来大部分的密码内容。

在这里我要说，撇开巫梦易的早恋学生身份，她绝对是个文字奇才。那些语言暧昧内容甜蜜的短句，被她几乎天衣无缝地镶嵌在了题材主流的诗歌里——这些短句足以让语文老师或保守的父母们感到惊心动魄。

据说，事后螳螂在他那间著名而阴森的办公室里询问巫大诗人的时候，怀疑她是不是或多或少知道了学校里有尾巴，所以才用这么隐秘的方式传情，就旁敲侧击地问了一下她。巫梦易当时眼珠发亮，神情如慷慨就义的烈士，高昂着头颅，嘴角带着轻蔑的笑，一字一顿地道："恋人间的情趣——你不懂。"

这是那些早恋落网的人里，我所听到过的最带种的回答。

然而在我们刚刚发现这些密码内容的时候，仍旧有些发愁。这些短句作为早恋定罪的直接证据还不够有力，因为其中并未写明对象，巫梦易甚至可以装作对此一无所知。

幸好，这些短诗里，有一首提供了重要信息：

朋友
你可知道
尽管

我们见了又散

但我们的心

不会分开

虽然处于不同的四季

虽然站在不同的半球

但我们一样热爱生活

热爱阳光

只要你吹响召唤的号角

没有半点的犹豫和迟疑

我会穿过大海

我会翻过高山

用希望作为自己的司南

向你走来

向你走来

这是本周刚刚写在黑板报上的《告别》，是首不折不扣的口水诗歌。和它相对应的数字密码则写于 1996年 12 月 28 日，也就是南蕙在医院里跟我提起的那次：

7·8　11·9　9·4　12·4　12·3　13·6　15·8
10·2　2·1　7·5　4·3　8·5　4·6

翻译过来，内容简明扼要，约会的时间地点都有了。他们在劫难逃。

第六章　劫难刚开始

1996 年阳历的第四天，星期六，阴有时有小雨。

海司是附近居民对海军司令部的简称，其实只是个后勤管理基地，四周都是居民区。它东南面的那个海军游泳馆经常对外开放，每年暑假里有很多中小学生到此一游，所以对熟悉这里的学生来说它已经成为一个地理坐标。"周末海司碰头"，一般就是指在游泳馆门口见面，而不是有哨兵站岗的基地大门口。

王丰他们家就住在海司附近。

其实严格来说，两名目标因故改时间、改地点甚至取消约会也不是没可能，只能看我的运气了。

我说过，运气总是留给那些早有预谋的人。假如我傻呵呵地提前半小时到游泳馆门口蹲点，估计就算等到地老天荒也不会有什么收获。所以我的预谋就是提早两个小时赶到王丰家楼下监视。

　　果然，"马可尼"出家门的时间比预定要早一个半小时。他到达游泳馆门口一刻钟后女主角"汞"也出现了。两人没有表现出认识的样子，而是一前一后往南面走去，因为游泳馆门口人多眼杂，当场相认是容易招致疑惑目光的危险举动。

　　此刻下起了细雨，路上行人很多都打着伞。巫梦易是女孩子，很注意保护头发，出来时带着伞。王丰显然没有这么细致，淋着雨在走。女孩似乎不敢就这样当着大庭广众和男孩同处伞下，只能咬牙前行，所幸雨不是很大。

　　至于我？不必担心，元旦这几天我一直关注天气预报，今天出来时书包里装了三把旧伞，颜色花纹不一，就是为了跟踪时不断替换，迷惑目标。然而雨下了小半会儿之后便停了，目标也已经走到公共汽车站，显然在等车。这一点出乎我的意料，因为天下雨我出来时没骑车，跟着他们同处狭小的车厢又极其危险。

　　像是上天有意要跟我作对，一辆52路公交车说来就来了，王丰和巫梦易分开上车，然后车子慢慢启动。

　　我没上车。

　　十五分钟后，当王丰和巫梦易在第五站下车时，我就在距离他们不到五十米的地方，汗流浃背气喘吁吁。

　　别问我是怎么做到的，我不愿意回想。

2 ══════

对尾巴来说，光目击到目标有亲密的早恋行为是远远不够的。

按照标准流程，我们应该记录下当事人的行为、时间、地点，以及各自身份的一些准确信息。只有这样，当螳螂将某个女生带到教导处时，上来就可以先声夺人击垮她的心理防线：我们来谈谈 XX 班的那个小男生吧，你知道他家住哪儿，XX 新村 XX 号 XXX 室对吧？你去过那里的；你们还在 X 月 X 日 X 地去了 XX，你来之前我们已经和他谈过了，所以你还是配合我们……

而不是愚蠢透顶地问："我知道你在早恋，老实交代那个浑小子是谁？哪个学校的？住哪儿？"

王丰和巫梦易的目的地显然就是马路对面的鲁迅公园。

那时候的公园还没免费开放，进去要交钱，却被广大学生情侣所钟爱，因为要门票的公园游人少，就减少了被人打搅的几率。当然这样一来我跟踪起来也颇有难度，必须拉开很长的距离才能不被他们发现。

但根据尾巴小组的培训内容可知，**进入公园约会的情侣就宛如被追杀的梁山好汉，十有八九是要往山上去的。**

进公园时我已经将大门口的那张地图抢记在脑海

里。这所公园只有两座山，小的那座太靠近游人偏多的中央草坪和鲁迅墓，大的那座在最北端，树林茂密山体蜿蜒，是成年或者未成年情侣幽会的绝好去处。王丰和巫梦易也清楚这点，所以他们的行踪是朝着北面去的，然后在西侧从小路上了山。

我当然不会傻到跟着从西侧上去，但从东面绕上去太费时间，只能不走山路，直接从北边攀着石头和老树慢慢爬上去。

怪不得鲁迅曾说过，世上本无路，走的人多了便成了路。

换句话说，前面没路的时候，就要自己开路。

幸运的是，天又下起了雨，而且雨势颇大，我实在不敢将它和"有时有小雨"联系起来。但雨打在树叶上的淅沥声却掩盖了我攀爬时发出的声音，同时也赶走了山上那些意志不坚定的情侣，让我终于能顺利而隐蔽地上到了山脊，然后就看到在左前方大约二十米远的地方，两个身影背对着我正坐在一块长条石头上。我想此刻他们一定是幸福的，因为二人正分享着同一副 CD 随身听的耳机，并且女孩将脑袋轻轻靠着男孩肩膀，几缕青丝淌下，挂在对方背上。

在他们的上方，巫梦易的那柄雨伞抵挡着雨水，她的耳机则抵御着世俗世界的嘈杂，连平时好动的王丰也安静得一动不动，两个人像坐着入睡那般，又好似鬼斧神工的雕塑。

他们应该还紧握着彼此的手吧？

面对此情此景，我整个人都被雨淋透了亦无所谓，也分不清眼眶周围的是雨水还是泪水。

是的，我当时流了一点眼泪，出于他们此刻的甜蜜。

因为这种甜蜜，正是尾巴们苦苦追求的如山铁证。

3 ═══════════

两天后，学校迎来新年开学第一天，同时有两对早恋情侣宣告落网。

其中有一对便是高二（1）班女生巫梦易和高二（3）班男生王丰，只不过他们并非像另一对情侣那样是一大清早就被请到教导处的，而是一直拖到了中午午休的时候。

当时巫梦易正在校门口的宣传栏前负责写新的校级黑板报，主题是"以全新姿态迎接新一年的挑战"。因为在写字的同时她还要帮另一个宣传部干事绘一些图案，所以两只手上沾满了五颜六色的粉笔灰。

当一名教导处的老师出现在她面前时，女孩怔了怔，讲："老师有什么事么？"

男老师没看她人，而是看着黑板报，微笑着问："你们要多久做完？"

巫梦易一头雾水："不知道，可能还要半个钟头。"

那老师点点头："好，那你还是先跟我去一下办公室吧。"

此时巫梦易应该已经多多少少感知到了什么，看看边上另一个干事，对方的脸色似乎比她本人还难看，她又低头看了看自己的手，犹豫了一下，讲："您能不能等我一下，我去洗个手。"

老师说："不必了，庞老师在办公室等着呢，一会儿再洗。"

庞老师便是教导处主任螃蟹，一般让他叫去谈话就跟明代官员被锦衣卫请去喝茶聊天一个性质。巫梦易当然猜到了自己被请去的原因，顿时脸如白纸，扭头对那画画的干事道："等我一下，过会儿就回来。"

说完把粉笔一放，随着那老师慢慢穿过操场，进了行政楼。

她当然没有很快回来。

后来想想，那老师故意带巫梦易经过操场再进大楼是有用意的，因为当时王丰就在操场上踢球。

那老师走得很慢，所以王丰不可能没看到自己的心上人。我无法想象当时两人是什么样的眼神，应该相当复杂，比外太空坠落的陨石还要难以分析其全部成分。尤其是王丰看到自己的秘密女友跟着教导处的老师走进行政楼，对方的脸色和神情该是怎么震撼到他？那时一个十六七岁的小男生不如现在的孩子这么早熟，社会舆论的大环境也偏保守，心理承受能力自然也就那么点儿。自己的女友先"进去了"，等把他也请去时，两人断然不会见面，对方是否出卖了自己就很不好说——如此一来，心理防线便有了突破口。

所以有时候我回过头来想想，觉得搞这套，螃蟹他们真是老妖精，一招一式都透着玄机。我们当尾巴的虽然也够机智狡猾，却绝对不如这些人。

巫梦易走进行政楼后不到十分钟，高二（3）班班主任出现在操场边，以一种复杂的眼神叫住了当初曾给她带来几百块钱奖金的见义勇为好少年王丰，让他跟自己走一趟，结果一直到下午上课时，也没见他回教室上课。

"马可尼"王丰，"汞"巫梦易，全部落网。

4 ═══════════

而立下汗马功劳的尾巴林博恪，这天并没有来上学。

上次行动我淋到了大雨，回家后也没有好好调养，最终感染风寒，发起三十九度的高烧。翌日清晨终于被送到医院打吊针，于是只能在家休养，无法上学。

不过所幸在发病前的三个小时，我用公用电话如实向龙虾汇报了之前的惊人发现以及图书上的数字密码的全部玄机。

但假如你以为这次的疾病是上天对我的惩罚，那就大错特错了。因为就在"马可尼"和"汞"被请去教导处的当天，一个初中生在派出所民警和家长的陪同下来到我们学校指认一个学生劫犯。

原来这个初中生在前天也就是四号下午一点不到的时候，从海司附近的补课老师家里出来，刚要去取停在弄堂里的自行车，一个高年级男生便冲过来将他推倒在地，然后骑走了车子。这个初中生是第一次遇到抢劫，虽然之前也听同学说起过附近流氓混混的恶行，但真的自己遇上时也吓得不轻，根本不敢喊人。

不过非常奇怪的是，抢车人在上车之前对他讲了句令人哭笑不得的话："借你的车用用，开学后到 XX 中学边的弄堂里去找！"

假如这只是句谎话倒也罢了，问题是初中生还真的就在对方说的地方找到了自己的车子，于是报警，然后在这所学校一个班一个班地指认过来。

现在你知道我当时为什么能追上那辆公交车了。

当那个初中生在我们学校进行着毫无前途的罪犯指认时，我正躺在家里养病，半梦半醒。我梦到还是在那家音像店里，我跟丢了巫梦易，她却忽然出现在我背后，我只能从镜子里看到她的肩膀和半张死气沉沉的脸，还有背后传来的异常冰冷的嗓音，并且每个字都咬得特别重："林——博——恪？"

当我猛然醒来时，发现家里就我一个人，母亲已经去单位上班（她们请假的话扣钱会很厉害）。我看看钟，发现早就过了学校的午休时间，明白此刻巫梦易和王丰应该已经成了绝命鸳鸯，螃蟆肯定在教导处那间阴暗的办公室里施展自己的独特才华。

而龙虾，现在应该正准备上我们班下午第一节地理课。很遗憾我不能去听他的课，但我却清晰地记得前天晚上发病前我在电话里向他汇报完之后，他沉默了片刻，然后讲："你表现得很好，下礼拜回来上课时会有一份礼物给你。"

是的，我表现得很好，我有我应得的奖赏，我尽到了作为一名尾巴的职责，我赶在马超麟回来之前完成了任务。此刻我太太平平地躺在温暖的床上，尽管病还没好，却觉得所有的事情终于开始朝着美好的一面发展了。

而有关尾巴林博恪的一切劫难，现在才刚刚开始。

Season ②

变节预习

第七章　早恋的天堂

战国时期伟大的思想家孟子小时候肯定没有早恋过，但他妈还是带着他搬了三次家，最终落户在私塾边上，其用心良苦可见一斑。

幸好那时候私塾不收女生，否则，孟母大概也会像王丰的老娘一样让儿子赶紧转学。

王丰转学是在他早恋落网之后第三天，那时我们才知道原来他有个强迫症外加神经过敏的母亲，她在得知不孝子早恋后顿感世界末日来临，并以最快的速度托人介绍了一所据说女生质量相当差劲的普高。

那一年《侏罗纪公园2》正好全球上映，但王丰到了新学校之后估计连买盗版VCD的钱都能省了。

王丰本人当然是不肯转学的，在那三天里努力学习贯彻圣雄甘地的非暴力不合作精神，据说还差点绝食。然而一切逃不过宿命，第三天王母依旧来学校办理最后的转学手续，并且像那个年代的很多父母一样越俎代庖地行使了子女的权利，在转学文件上代儿子签好了名。王丰像只豹子般一路冲到学籍办公室想要夺过那份文件，却被母亲拉到了外面的走廊上，然后便是一下接一下的响亮耳光。

耳光过后，世界归于寂静。

据说，这是王母在王丰初中毕业后第一次打他。

1 ══════════

1997 年 2 月 9 日，下半学年开始后第五天，学校迎来了第一百二十六周年校庆。其实学校究竟有多少岁了并不重要，普通学生关心的只是这一天能不能放假。

答案是：当然不。

恰恰相反，学校领导倒是一直头疼学校今年升学率的问题。从春节前的期末考试情况来看，这群学生的成绩堪忧：尖子生还是那一批，并且始终优秀；但原本居中的那个群体的成绩明显下滑，几乎无法和三年前的前辈同日而语——至于这其中的原因，高层都心知肚明。

损失一个尖子生，学校只是少一个进入著名重点大学的活广告，而损失十个中等偏上的学生，可就等于在升学率上损失一大块。

正是在这样的背景之下，作为对于尾巴立功的奖赏，我被破格选进学生会组织部就成为情理之中的事情。在此之前，我们学校学生会的作风总是保守而顽固，如果你高一时没能进去，那你以后也没多大可能进去，除非里面的部长和干事一夜之间都死光了。

但凡事皆有例外，比如宣传部的干事巫梦易因为早恋而被革职，这就开了一个口子。学生会发现自己的队伍不再纯洁，索性一不做二不休，把所有期末考试里成绩下滑幅度过大的干事全部革职，然后填充了一批新人进去。

所以如果没有早恋的瘟疫，我可能永远也拿不到这张学生会干事的聘书。

这便是龙虾在电话里说的礼物。

当然，进入学生会只是一个开始，我真正想要的绝不是只有这一点点。一将功成万骨枯，一个优秀的尾巴必须像马超麟那样"血债累累"，方能得到最高的奖励。

下半学年开始后，新机会很快就来了。

一百二十六周年校庆结束后第三天的中午，我在拥挤不堪的食堂里排队打饭。忽然有人在后面拍了我肩膀一下，我扭过头，还以为是哪个同班同学想要从我这里插队，却看到了一张似曾相识的面孔，然后大脑一片空白，但嘴角已经下意识地弯了起来。

拍我的这个人叫班磊，我已经有两年多没见到他了。

　　当年我所熟悉的班磊还没有现在这么高的个子，大概也就一米七不到，戴着低度数的塑料框眼镜，穿蓝底白条的线裤。我们结识于初中正式上课的第一天，我从专供骑车学生进出的侧门进学校，门口站了个一脸严肃的中年女子，我以为是查自行车牌的，就不以为然地继续走，却被她严厉地叫住了。

　　原来这个女人是学生处主任，类似现在螃蜞的角色。而她喝住我的原因是这所"盛产"小流氓的学校有一个狗屁倒灶的校规：在学校见到师长要主动问好，尤其是一早进学校的时候。而"师长"的定义就是这里所有看上去超过二十岁且飞扬跋扈的成年男女。

　　我还没来得及向她解释我是第一天来上学，主任就把手往边上一指："那边站着去，十分钟。"

　　我顺着她手指的方向看去，只见墙角里已经站了个和我同样倒霉的家伙——班磊。于是初中生涯的第一天早晨，我们在学校的侧门口比肩而立，一脸猪肝色，眼睁睁地看着其他学生走进学校——其中不乏漂亮的女孩，她们看到我们时脸上都露出蒙娜丽莎般的微笑。

　　这十分钟的光景令我们郁闷不已，并狠狠地记住了这个可能是更年期提前的学生处主任。也是在这十分钟里，我们这两个一起罚站的倒霉蛋成了彼此在这所初中的第一个、同时也是最好的朋友。直到初二那年班磊转学去了浦东，我们才失去了联系。

　　现在，由于父母的工作调动，班磊又搬回了浦西。

他再度站到了我面前，只是当初我们还一样高的个子，现在已经形成了落差。青春期的荷尔蒙像魔术师般将他的身高拔到了一米八，而我长到了一米七五之后就徘徊不前。并且班磊的体重并未随着身高增长，显得瘦了，头发也留长了，一身运动服，脚上的耐克鞋看起来新买不久。

今天是班磊转学过来的第一天，可谓举目无亲，在熙熙攘攘的食堂里能够重逢故交实在是上天的恩赐。我们像因为战乱而分离的家人重聚那样情绪激动。班磊看了一眼窗口前的长龙，讲今天别吃食堂了，走，出去吃，我请客！

这是我进入高中以来头一次下馆子吃午饭。班磊叫了四个热菜，外加一瓶啤酒。我说未成年人好像不能喝酒，而且我等下回去还要开班长会议。班磊不勉强，说："行，等哪个周末我们专门出来喝酒——两年多没见了吧？你过得怎么样？都当班长了？"

我说只是代理的而已，这所学校竞争多压力大，不像我们初中那时候。

班磊笑笑，从口袋里掏出一包上海牌香烟。见我目光诧异，他熟稔地把一支烟在桌上轻敲几下，道："半年前刚学会的，偶尔抽着好玩——你不会去告密吧？"

我抿抿嘴角，讲："当然不会，不过这所学校情况复杂，老师的眼线很多，你千万小心。"

这天中午我们吃了很久，班长会议我险些迟到。

　　高二（3）班班长南蕙依旧喜欢坐在靠门的地方，见我最后杀到，头也不抬地向我打招呼，延续了以往的讽刺风格："林班长又迟到了，是不是进了组织部有些高兴得晕了头？"

　　话说完她忽然微微抬起头，鼻翼耸动："你抽烟了？"

　　我一怔，讲："别提了，刚才上厕所的时候有个老师在隔壁小间抽烟，又不好说什么。"

　　这次会议并非例会，而是临时召开的，关于下礼拜区领导来学校视察的事情，虚头八脑的东西讲完之后很快就散会了。但接下来还有学生会的部门小会。南蕙在学习部，我在组织部，正好同路。见边上没什么人，我轻声问："过两天就是情人节，这次你们有得忙了吧？"

　　她知道我是指情人节的信件和贺卡检查，回答说："你们尾巴也不会得闲的，学校新来了十几个转校生，上头批示要加紧控制。"

　　我闻言色变。

　　班磊就在这批转校生里。

　　今天中午在吃饭的时候，我还装作有意无意地问了他一句："对了，你那个女朋友怎么样了？"

　　当初在初中的时候，班磊就是有女友的，或者严谨地说，和一两个女孩保持着说不清道不明的暧昧关系。既然当年他还比较矮胖的时候就已经能追到女孩，现在的他又高又瘦眉清目秀，家境富裕会打篮球，自然更是早恋的高危群体，难免成为尾巴的重点目标。

班磊抖落一段烟灰，讲早就分手了，现在连她长什么样都忘记掉了。我点点头，也判断不出来是真是假，但还是提醒了他一句："听说现在早恋抓得很紧，尤其是重点中学。"他哈哈一笑，讲："什么恋爱不恋爱，那帮大人小孩都是吃饱了撑的。"当时我跟着笑笑，不再多言，埋头吃菜。

此刻我站在行政楼的走廊里，对着南蕙和她带来的内部消息目瞪口呆："新来的学生？你们才截获了多少他们的信件？怎么确定名单？"

南蕙看了我一眼，把眼镜往鼻尖上推了推："你这是在刺探机密么？"

我语塞，换来她的嘴角一抿："这次期末考试大家都考得不好，上面很担忧，所以转校生无需信件线索。"

我说上头开什么玩笑，这不是要累死我们么？再说，他们来这所学校三天都不到！

此时我们已经走到学习部会议室的门口，南蕙一只手搭在门把上，难得地对我回眸一笑，只是笑容诡异："对，那就欢迎他们来到早恋的天堂。"

2 ====

班磊其实有女朋友。

距离我们学校不到五公里的地方有一所师范大学的附属中学,市级重点。附中的校服极具特色,是模仿水手制服而成,冬黑夏白,从背后看去领子宛如一块方巾,在外面浩浩泱泱的健生牌里显得鹤立鸡群。

班磊的女友就在这所附中念书,具体年级不详,鉴于校服的特征,我给她取的代号就叫"水手服"。

我发现水手服的存在时,班磊已经转学来我们学校整整一周。和他重逢聚餐的第二天一早,尾巴成员果然就接到了上面的指示,从转校生里选取了一批目标,而班磊毫无悬念地成为黑名单上首当其冲的一员。

我和他回家的方向大致接近,所以龙虾把他和另一个人的材料给我挑选。我踌躇了一下,终于还是选了别人。我想过,哪怕哪天班磊真的早恋落网,我也不愿意是我告的密,因为我答应过不会出卖他,无论是恋爱还是抽烟,或者其他更糟糕的东西。

但事与愿违,我拿到那份资料还没翻开看几页,龙虾就发现了问题:班磊是骑车来上学的,他现在手头上空闲的尾巴都不会骑车;相反,我现在负责的这个目标坐公交车上下学,而我本人却是"骑兵"。接下来就是一场悲剧,龙虾把我手上的目标资料换了一换,然后见我脸色灰白,问:"有什么困难么?"

我摇摇头,努力挤出一丝笑容:"希望这小子骑车不会太快。"

说罢我翻开资料,上面是班磊初中时的报名照,五官和脸型我再熟悉不过，边上则用红色铅笔标注了三个大字："帕斯卡"。

真是个糟糕的代号。[①]

当帕斯卡的尾巴并不是什么很有难度的事情，班磊骑车速度不快，也没有回头观察的警惕性。

他所在的高二（1）班和我们不在一个楼层，但有几次放学时他都主动过来找我一起回去。我撒谎说我现在暂时寄宿在亲戚家，和他的路线没有什么交集。班磊说要不那就一起下去打会儿球吧，或者请我去吃小吃。遇到这类邀请我便以监督劳动或者要留下来开会之类的借口搪塞，然后把我虚构中的亲戚家摆在了很远的区，所以没有时间在外面瞎逛，学校的事儿一完就要急着回家，不如等周末再出来玩。

班磊自然会带着失望离开，然而他前脚刚出了学校的自行车库，我后脚就会骑着车悄悄跟在他后面。但是既然他会找我一起回家，那说明晚上他没有什么可疑的安排，对我的跟踪行动来说也轻松了很多。

终于，情人节这天，他一放学就背着书包匆匆离开教室，下楼的时候正好在楼梯口遇到了我。我和他打了个招呼，立刻预感到今天有戏，连忙甩下那帮值日生就跟了出来。

---

① 科学家帕斯卡去世时只有 39 岁。

于是，漂亮的水手服同学浮出了水面。

班磊和她约在师范附中一带的四川北路上见面，两个人比肩而行，看上去宛如纯洁的男女关系——然而一拐弯进了僻静无人的小马路，班磊的手就熟练地缠到了水手服的腰间……

根据目测，水手服的身高大约在一米七上下，扎个高马尾，亭亭玉立。师范附中男女比例失调，所以女生墙外开花也在情理之中。但她找的对象偏偏是班磊，班磊偏偏是我的好友，而我偏偏是一名野心勃勃的尾巴——一切矛盾都在这几个偏偏中翩翩起舞。

班磊和水手服似乎不急于回家，而是往僻静马路的深处走去，但我没再跟着。越僻静的地方对跟踪者越危险，更何况他们接下去会做什么，我毫无兴趣。

这天傍晚我回到家中，面对着桌子上摆放的饭菜却毫无胃口，只是象征性地撰几筷子青菜，完成任务似的吃掉碗里的米饭。母亲看出一丝端倪，问我是不是不舒服。我说没有，然后犹豫了片刻，讲："班磊转到我们学校来了，中午请我在外面吃饭。"

由于家境问题，母亲向来不赞成我接受别人的邀请吃饭，因为怕要回请，若回请不起，又会折掉我在学校的面子。但是班磊和别人都不一样，母亲听到我的话后喜出望外，好像我的物理、化学测验一起拿了满分，说："是么？真好，你们两个又见面了。"

母亲平时忙于工作和家务，从初中开始，我的同学她几乎都不认识，除了班磊。

班磊是那时唯一清楚我家庭情况的学生，放学之后他都会叫上我去买零食，总是他请客。有几次我生病在家，他和我不是一个班，却主动去找我们班的学习委员，宣称和我家住得很近，老师布置的作业和发下来的本子他可以带给我——其实他是不想我们班的人看到我家的贫寒境况。因为这个缘故，我母亲对班磊的印象极好，夸他懂事，不嫌贫爱富，将来必定有出息。当初得知他转走后，还长吁短叹了好几天。

但正是这样的班磊，两年之后在早恋这件事情上欺骗了我。当然我能理解，毕竟我们都不再是当年一起罚站的预备班愣头青，毕竟我们失去联系两年，毕竟此时的社会和学校对早恋是人人喊打，他多留一个心眼也是正常。

但他在搂着水手服逍遥而行的同时也留给了我一个艰难抉择：举报，还是包庇？

这的确是个大问题。

3

第二天放学后，班磊没有去找水手服。

而我却噩梦不断。

自从接手"帕斯卡"行动后，我在学校里便刻意和班磊保持距离，中午总是捱到很晚才去食堂，午休时间在图书馆自修，每次课间十分钟休息我至少有一半时间是待在男厕所里，避免班磊过来找我。幸好班磊不像我那么孤僻，他善于交友，在新学校很快就有了几个打篮球的伙伴。

发现水手服的翌日中午，因为中午有例会，我不得不在高峰时间去食堂，结果正好遇上了比我早到的班磊和他同学。他很欣喜地邀我插队，我脸色灰白，指指他们那个窗口挂的小黑板，意思是这个窗口今天供应的菜我不爱吃，就不过去了。然后朝四周扫了一眼，看看南蕙或者马超麟这两个唯一知道我尾巴身份的学生是否在场。

当天晚上，这个场景再现于我的梦境，只是我插队排到了班磊后面，正和他有说有笑，忽然一个中年女子急步走了过来，照着班磊就是一个耳光，声响巨大。班磊和我愣在原地，然后我脖子后面吹来一阵凉气，竟是一个女子说话的声音："尾巴，林——博——恪？"

我猛地扭头，想要看清是谁，却把脸埋进了枕头，噩梦便告一段落。

窗外尚未破晓，而我无法入睡。

等早上七点半被召到龙虾面前时，我眼圈浓黑精神萎靡，只能以通宵复习功课作为借口掩饰。龙虾找我是因为今天区领导如期来学校视察，学生会要派三名代表

出席和领导的座谈会，完了之后还要一起吃晚饭。通过
尾巴小组的特殊地位，他替我争取到了一个代表名额。
这固然是天大的好事，我能趁机休息一下，这一天班磊
也没人去盯防了。

我想得太天真了。

当天中午吃饭前，学校里已经挂起欢迎领导的横
幅，操场上的垃圾纸屑被捡得一张不剩，那些喜欢吃完
饭后打一会儿球的男生都被班主任赶回教室装模作样地
看书复习，平时荒凉的图书馆阅览自习室更是人满为
患，都在看经典名著，但若仔细一查，全是各班班干部
在跑龙套。

班磊作为被迫圈禁的男生之一自然极为不爽，在教
室里闷得慌就出去上厕所，结果正好遇到我也进来——
哎，真巧。

在学校，一起去上厕所也是一种社交活动，无论男
女。两个人面壁的时候，某些话题就能被开启，或者更
加轻松地提出。我们一起抱怨了会儿带来诸多不便的区
领导的莅临，然后我忽然想起了什么，讲："今天我们
班可能早放，你放学后有节目么？一起去喝酒？"

班磊对我的建议略感诧异，抱歉道："啊呀，我今
天家里有点事情，不能在外面耽搁。"

我有些失望地耸耸肩，说："行，那下次吧。"然后
便和他在厕所门口分开，独自回到楼上的（7）班教室，

翻开一本英语阅读训练习题册，却怎么也看不进去。我知道班磊是在撒谎。因为他刚才的眼神，像极了当初他号称没谈恋爱的样子。

显然，今日佳人有约。

只是，半个小时前，就在图书馆阅览室里，领导很满意"部分学生踊跃研读经典名著"这台戏。他前脚刚走出图书馆，后脚临时演员们就匆匆撤离现场。高二（3）班长南蕙却走得特别晚，当时边上只剩下我一个人，她说："听说你下午要去跟他们座谈，可喜可贺。"

我有些惊奇，南蕙是龙虾的心腹，又是学生会学习部的副部长，居然没有成为代表。南蕙说情人节的贺卡和信件一大堆，剪刀小组那么忙，却无法增加人手，还把马超麟这样的高三元老调来顶替你跟踪目标。

这便是我刚才为什么忽然会去试探班磊的原因。只要不是我负责跟踪班磊，傻子都能发现他在早恋。

这天快要放学的时候，一心一意迎接领导视察的学校终于还是出了岔子。

当时后勤部门的一个老师最早下班去教工车棚取自行车，发现前后轮胎被划破了。一开始还以为是针对他个人的恶作剧，结果后来的几个老师都发现自己的车胎遭了殃，仔细一看，教工车棚竟有三分之二的自行车遭到了毒手，便立刻禀报了教导处的螃蟥。螃蟥等人在车棚里勘察了一圈，最后在一块墙壁上发现了用白雪修正液写的一句话——"统统都是马屁精"。

字迹新鲜，显然出炉不久。

就在螳螂发现这行字的时候，教工子女马超麟匆匆赶到车棚取他的凤凰牌山地车，却遭遇这个惨况，面如土色。等他心急火燎地问同学借了自行车再追出学校，预定目标"帕斯卡"班磊早已不见踪影。

因为情节严重且打击面甚广，学校将此事定性为顽皮学生恶作剧的第一要案，却无从查起，因为当时大家的注意力都在接待领导上，而领导是不可能跑到偏僻的教工车棚去参观视察的。

当然，这桩家丑没有传到区领导耳朵里，他那时正在行政楼的豪华会议室里跟十几个师生代表座谈，其中就包括了学生会组织部的代表林博恪。谁也不知道这个男生的口袋里还保留着从同桌的美工刀上偷偷掰下来的一小截刀片。更没有人知道，他在心里已经打好了"帕斯卡"行动的算盘：根据尾巴的惯例，一个没有明确线索的目标在跟踪一个半到两个星期之后，如果没有发现异常，便视为"健康"。

熬过这段时间，班磊的危险会大大降低，只是从此以后林博恪和他在学校就不能再过从甚密，甚至要渐行渐远。

但为了仅有的好友，这点牺牲可谓物超所值。

4 ═══════════

领导视察后第二天，星期五，到了整理"图书黑名单"的时候。

王丰的"马可尼"行动之后，尾巴小组吸取了他们两人暗中传递密码的经验教训，在搜集线索时多了个渠道，就是每星期整理一次图书馆的借书信息。

图书馆的藏书被清查过好几次，武侠侦探科幻类书目死伤大半，却留下了为数不少的言情和校园青春类作品，其中就包括琼瑶、席娟、于晴的小说（我们私下称这三个阿姨为"三套车"）——只要这三位当中任何一个的作品出现在某女生的书包里，在当时都足以让班主任震惊不已。撇开台湾同胞在这方面的卓越贡献，那些宣讲爱情的世界经典名著也显得分外可疑，尤其是《红楼梦》这样的传世名作。

借过以上这类书籍的学生，都会被我们从借书清单里一一挑出备案在册，将来在选择跟踪目标时以作参考。

鉴于这个无孔不入独具匠心的方法是由我发明出来的，所以每次去图书馆拿借书名单复印件的也都是我，因此图书馆那几个老师慢慢和我熟悉起来，每天中午我刻意躲避班磊时，都能在"学生勿入"的图书馆资料室里潜心自习。

这天中午我拿到借书清单之后照旧先仔细读一遍，

然后一本书的名字吸引了我的目光——《霍乱时期的爱情》。

我之所以这么关注它不是因为它那赤裸裸且偏长的标题，而是因为螃蟆当初在"审讯"落网的王丰和巫梦易时得知，原本这对苦命鸳鸯拿来做密码对照本的正是这本小说。巫梦易最早在学校图书馆看了这本书，十分喜欢，后来就在书店里买了两本，一本留给自己，一本给了王丰（当然，都是包上了某某教参的书皮）。只不过后来王丰不小心把他那本弄丢了，就转而用学校门口的黑板报宣传栏的诗歌代替，然后被我误打误撞发现了其中的玄机。

借书清单表明，这本书在春节前夕被借走，隔了一个寒假之后才被还回来。我记下这本书所在的书架位置，然后将清单小心收好，却没急着离开，而是悄悄步入借阅区。

我要看看，那本让我的跟踪目标分外喜爱的爱情小说，究竟写了点什么东西，让她们五迷三道地陷入不可自拔的境地。

小说距离它本来应该摆放的位置足足有上下三行书的差距，而且居然已经有些年头了，外面包着四五十年代老书的那种粪黄色书皮，质地粗厚。作者有着足球运动员一样的名字：马尔克斯——《霍乱时期的爱情》。

霍乱。瘟疫。还真贴切。我不屑地笑笑，翻开书页快速浏览，结果看了第一句话就差点没厥过去："我对死亡感到唯一的痛苦，是没能为爱而死。"

这本书果然很合某些人的胃口。

大毒草。

我把书翻到最后，查看借书卡上的纪录，只是没有看到巫梦易的名字，却看到了她的好友。在学校图书馆借书，以学生证为凭，限借一本，所以爱书之人便会问别人借学生证来多借几本书。

只是，当初曾把学生证借给巫梦易的这个女孩，如今已经和她彻底决裂。

王丰转学后，也算快刀斩乱麻地一走了之。巫梦易的命运却远比他苦：班级、校刊、文学社和学生会的职务全丢了，只剩一个生物课代表的头衔，她和好友也为此反目。

原来她的这个好友暗恋王丰多年，只对巫梦易说过心里话；巫梦易明知如此，还是背着她偷偷和王丰发展，犯了友情的大忌，偏偏还东窗事发了，那个好友怎么能不恼羞成怒？从此之后再也看不到巫梦易和她午休时在操场上慢慢散步，对方更是将两人间的私人信件和小礼物悉数退还给巫梦易，一刀两断，和别的女生搞友好邦交去了。

孤家寡人的巫梦易从此独来独往，加上早恋事发后家长对她日益严苛，可以说亲情友情爱情全部受到打击。如果说对此我没有愧疚，那是假的。但我更大的感触和疑惑则是，王丰到底有什么好？值得两个女生陷入这么复杂尴尬的三角纠葛？

脑子肯定都坏掉了。

5 ═══════════

翌日周六，无其他任务，去看望陈琛。

这小子春节前已经出院回家疗养，他父母正在考虑申请休学半年。到他家时他还在看习题册，据说教研组里有几个老师定期会过来给陈琛指点一二，其他时间他都在自学跟着进度。

因为他父母在家，很多话题都不方便说，我们便拿出方格本来下棋，这是当初他还没生病时我们偶尔为之的小娱乐。其间也东拉西扯地说说学校最近的情况，还有班里那些鸡毛蒜皮的事情。

我进入学生会组织部的消息让陈琛颇为担心，毕竟他也在外联部待过蛮长一段时间，所以能提醒我哪些部门的哪些负责人比较官僚，哪些部长比较爱打报告，哪个副主席是超级软蛋，哪几个老师比较有发言权。其中有几个学生他要我特别小心，理由是他们"看人的眼神总是怪怪的，不知道在打什么算盘"。我表面上点头接受，心里却清楚，他说的那几个人，应该就是和马超麟一样资深的尾巴，也是因为"功勋卓著"而特招进来的。

　　为了转移话题，我讲："谢谢你告诉我这么多。"

　　陈琛摆摆手，脸色有些许苍白："过年之后，同学里只有你来看过我。"

　　见他有些累，我起身告辞，只是我出门前他忽然问起："听说，（3）班的体育委员早恋被发现了？还转学了？"

　　我愣了一下，说："是啊，想不到。"陈琛把方格本收好，由衷地叹道："他人其实不错，还帮过我一些小忙呢——真可惜了。"

　　从陈家出来后，我把车骑得很慢。

　　昨天在图书馆，我合上那本妖言惑众的爱情小说，踌躇许久，终于决定将它带走：一来，我不能把这本书留在这里继续误人子弟；二来，我要从这本书里揣测那些爱情瘟疫患者的心理。当然我不能光明正大就这么拿着它走出门，更不必说拿学生证来借。所以最后它被插进我的裤腰内，外面用上衣盖好，一路腰肌僵直地偷运回教室。当天晚上我就把它压在作业本下面挑挑拣拣地翻阅，其中一小段情节足以令我头皮发麻：

　　　　这时他忽然听到一个声音说："真正的小鹦鹉。"

　　　　这声音很近，几乎就是在他身旁。

　　　　他立刻在芒果树最下面的枝头上找到了它。

　　　　"不要脸的东西。"他对它喊道。

鹦鹉以同样的声音反击道："你更不要脸，医生。"

对于爱情的瘟疫来说，尾巴和剪刀小组也算是某种意义上的医生吧——不要脸，究竟谁不要脸？早恋的？还是跟踪的？我应当也属于陈琛所说的"看人的眼神总是怪怪的，不知道在打什么算盘"的人之一吧……

此时我已经骑行在一条小马路上，它靠近国际电影院边上的咖啡馆后门，时有情侣在路上经过。我在思考这些神神道道的原则性问题，所以当一对情侣有说有笑地向我迎面走来时，我一下子还没反应过来。

不过两秒钟后，我立刻神经质地紧急刹车，后轮在地上划了四分之一个圆，此时的我瞳孔放大，犹如见鬼。

没看错的话，刚才那女孩就是没穿水手服的水手服同学。

但此刻搭着她肩膀的男生，并不是班磊。

第八章　水手服

班磊在我初二那年转走，又在我高二这年转来，读过的初中高中比我各多一所，因此认识的朋友、同学更是我的好几倍，估计三教九流都有，其中之一便是他在师范附中念书的现任女友——只不过对她来说，"班磊女友"这个身份并非专职，而是一份兼职罢了。她还真没有愧对自己的那身水手服，脚踩两条船却不翻，搞不好甚至还有一支船队。

毫无疑问，在那个早恋萌生的年代，水手服在该领域显得超前多了。但她不知道船队的屁股后面还有我这艘海狼潜艇。

只是那枚致命的鱼雷，我迟迟未发。

邂逅水手服之后的星期一，体育课。

因为学校操场场地有限，所以总是几个班级混在一起上。并且为了减少不必要的接触，男生和女生被划分在两个不同的方向活动，界限分明。

那堂课正好是和班磊他们班一起上，男生教的是篮球的传球配合。我这个人平时不善运动（骑车跟踪除外），所以总是笨手笨脚，要么没接住对方传来的球，要么就是把球传到了八竿子打不着的地方。

终于有一次，我接球的姿势不正确，飞来的篮球正面砸中了左手无名指，导致关节肿痛发炎，也就是俗话说的"吃萝卜干"，整根手指颜色通红，无法自如弯曲。我是第一次吃萝卜干，有些不知所措。班磊走过来说没事，等会儿拿冷水冲一下。自由活动时间一到我就直奔教学楼男厕所，在洗手池旁龇牙咧嘴地冲洗，而他居然就站在边上抽烟。窗户大开，大部分烟雾都飘散出去，但我还是觉得他的胆子比脑袋还大："你疯了？被别人看到就死定了。"

班磊一脸听天由命的消沉表情："昨晚和我爸吵架了。"

"为什么？"

"考试成绩咯，我们班我倒数前十。"

"怎么会的？你以前不是功课很好的么？"

他笑笑，从嘴里拿下烟："你傻呀，以前我们那所初中是多烂的学校？用点心思都能进班级前五，哪像这里，一半以上都是书呆子——真佩服你怎么考进来的；

我爸也真是，非要花大价钱把我转进来，排名低了又要
打人……"

话说到一半，忽然外面走廊上传来脚步声，班磊眼
明手快，烟头被他弹到了窗外。但外面的人只是路过，
虚惊一场。他见我冲好了，便和我一起回到操场，讲：
"你最好没事的时候多按摩按摩，力道轻点，回家之后
拿红花油擦擦，十天半个月就好了。"

我知道他经常打篮球，萝卜干大概也吃了许多次，
经验丰富得很，问有没有什么止痛快又便宜的秘方。

他朝我咧咧嘴，压低声音半真半假地道："秘方当
然有，那就是，女人。"

我怔住，这个答案过于赤裸裸："女人？"

"对。"他朝我眨眨一只眼睛，"想想你喜欢的那个
女人。"

说完他就扔下我朝篮球场小步跑去了，那里是需要
他的战场。

想想自己喜欢的女人。

真是独特的秘诀。

班磊秘方里的女人自然是水手服。

可是水手服真的喜欢他么？

无意中撞见水手服和其他男生勾肩搭背的当天下
午，我没有直接回家，而是一时冲动准备去找班磊。偏
巧他们家那一带正在建造地铁，道路狭窄不说，路面上

卡车云集飞沙走石，工地上声音震耳欲聋，搅得我慢下车速，也让脑子慢慢冷静。

告密对我这个尾巴来说再平常不过，但这次却情况特殊。首先就是我该怎么解释我知道水手服的存在？难道说是我无意当中碰见她和班磊勾肩搭背走在一起，现在又碰到她和别人打情骂俏？班磊会相信么？

就算班磊白痴到会相信这通鬼话，或者我写匿名举报信给他，接下来这小子的举动我也是可以预料的：初中的时候他就性子冲动，现在人越大脾气应该也越大，一怒之下定会去和那对狗男女正面交锋，搞不好还会来个玉石俱焚……那样的话，不惊动家长或者学校是不可能的，这不是我要看到的局面。

于是在距离班磊家门口只有两百米不到的地方，我紧急刹车，无视身后骑车人的咒骂，掉转车头，打道回府。

现在想来，我当时的抉择是对的。因为就在前面，当班磊告诉我那个秘方的时候，表情是那么专一，略带陶醉，自然是在想水手服。夸张点说，我大概能从他的瞳孔里找到那个女孩的身影轮廓。

如果告诉了他真相，那么一定是两败俱伤。水手服这样的女孩子，哪怕是路遇流氓被劫色了我也不会觉得可惜。但班磊不同。我不想我唯一同时也是最好的朋友受伤害，无论是皮肉之苦，还是心灵之毒。

所以，再度保持缄默。

2 ══════════

　　无名指受伤后第四日，赴杭州，游西湖。

　　这次旅游不是什么天上掉下来的馅饼，只是学校和杭州某所高中系"姐妹学校"，在文化艺术方面每年定期会有交流活动。上半个学年是他们派人过来，所以这次轮到我们派代表团过去，一共两名老师十一名学生，要在那里待上两天两夜。开开联谊会，参观参观，仅此而已。

　　这次去的大多是些能歌善舞、才色俱佳的艺术特长生，所以高层对这次的活动分外不放心，便想在其中安插一名尾巴随团监控。

　　于是就挑中了我。

　　在此之前，我已经向上面报告说，目标"帕斯卡"情况正常，没有早恋的迹象。龙虾对我的汇报没有什么怀疑，加上需要尾巴的任务很多，所以我亲眼看着他把班磊的名字从一级黑名单上勾掉。然后告诉我说有这个跟团的美差任务，去风景秀丽的杭州玩几天，权当公费旅游。

　　但我的心情好不起来，因为班磊的麻烦并没有完结，我把一切矛盾都尽力往后拖延，但总有爆发的一天。去杭州前我曾去陈琛家下五子棋，其间套用别人的名义把这个"得知好友的女友有第三者但又不方便告诉好友真相"的故事讲给他听。他沉吟了半晌，大约也是因为以前没遇到这样的事情，最后的意见就只有八个字：顺其自然，自求多福。

其实我以前最讨厌顺其自然这四个字，我一直认为很多事情需要你去尽心尽力地争取、谋划。顺其自然是听天由命的弱者的做法。

但现在不能不承认，这四个字是逃避现实和危机的最好麻药。

三月的西湖，格外迷人，的确是个"顺其自然"的好地方。

但我并不真的是来公费旅游的，我名义上代表了学生会，是两名带队老师的助手，实际上却要细心留意成员有哪些可疑的举动。尤其是那几个特别漂亮和帅气的学生，来之前我都详细察看过他们的资料。其中一个男生代号"拉瓦锡"，同时擅长吉他和手风琴，这样多才多艺的人才在哪个年代都是吸引异性目光的角色，所以我对他格外"照顾"，在宾馆分配房间时请带队老师将我和他安排在一起。

但拉瓦锡做事很小心，白天时我没有发现任何证据，直到傍晚我去洗澡时，浴缸放着水，耳朵却贴在门板上，偷听到他趁这个机会在打电话，过了一分钟我装作出来拿拖鞋，他脸色煞白地对着电话那头"嗯"了一下就挂断，并跟我解释说是跟家里报个平安。我表面上笑笑，心里却在想你小子真是太嫩了，有谁往家里打电话，是像你这样把通讯录摊开放在电话机边上的？

此地无银三百两。

轮到拉瓦锡去洗澡时，我悄悄取出他放回书包里的通讯录飞速翻阅。等他洗完澡出来，我已经坐在自己的床上看一本数学习题册，但脑子里却在思考通讯录中翻到的一个号码，数字是八位，却不像电话号码，而且也是唯一一个没写对方姓名的号码，只在边上画了个意味深长、疑云重重的笑脸符号："^_^"。

是谁会让拉瓦锡笑得这么甜蜜，又这么隐讳？

翌日周六，下午计划参观龙井山虎跑泉，我称病不出。带队老师之一知道我的身份，没怎么多问就心领神会地让我独自留守。

他们一走，我就拨通了南蕙家的号码。作为龙虾的左膀右臂和剪刀小组的核心成员，她有一本我们全校学生的家庭电话汇总。而就在昨天晚上，我睡觉之前想出了关于那串数字的几种解密方法：颠倒顺序、所有的数字加 N 或者减 N（N 为小于 10 的正整数）等等。南蕙对我这次公款旅游的收获就只有这么一个不明不白的号码当然很不满意，这意味着他们需要花很多时间来排查神秘号码的源头。

不过在通话的末尾，她还是讲："有件事情，不知道是否该告诉你。"

我说："长途很贵，长话短说。"

南蕙说："你上次跟踪的帕斯卡，他念的第一所初中就是你的母校，这个你知道么？"

我头皮发麻，但虚张声势地反问："知道，那又怎么样？你问这个用意何在？"

南蕙说："不是我，是你的老朋友马超麟整理资料的时候发现的。"

手边的一张草稿纸被我捏成了团，马超麟一定把这个情况汇报给了龙虾，我说："姓马的到底想干吗？"

南蕙说："内部迫害，或者打击报复，都有可能，他挺擅长这个的，你知道。"

我生平第一次在和人谈话时出口成脏。

南蕙说："你也别急，龙老师未必会重视这个，倒是你的校友帕斯卡，应该好好担心一下自己的前途。"

"怎么？"

"他昨天离家出走了。"

3

周日，归心似箭，总嫌火车没能开到飞机的速度。

回到家时已经是快中午，我把行李一扔就又出发了，对母亲说学校有急事。我先到公用电话房打了个电话到班磊家，他外婆接的，说班磊还是没找到，他父母现在都在外面寻找。

　　班磊是我们出发去杭州那天，也就是星期五出走的，前一天晚上他和父母大吵了一架，并一度发展到和父亲动手。第二天一早他背着书包走出家门，却没有去学校。他们班主任打电话来问，唯一留守在家的外婆这才发现外孙的枕头下面有一封离家出走的告知函。

　　由于事发到现在已过四十八小时，班磊父母报警了，却仍无音讯和线索。

　　但我想我知道他在哪里。

　　青民路231弄，水手服就住在这个小区。

　　前几次我做班磊的尾巴时，好几次跟着他送水手服回家，但都只跟到这个小区的门口，所以不清楚她家具体在哪栋楼，但这足以让我守株待兔，等候水手服的出现或者归来。班磊是个未成年的高中生，身上的钱也有限，不可能在这段时间里远走高飞，出走后第一个要找的自然就是关系最亲密也是最隐秘的人。

　　下午两点，水手服果然出现在我的视线里。她穿着便装，手里提着一袋大概是吃的东西。她丝毫没有察觉我的存在，出小区后无知无觉地往东走了三条大马路，然后进了一家不起眼的招待所。

　　约摸一小时之后她两手空空地出来了，我则进了招待所，骗前台接待员说我找我表哥班磊，应该是礼拜五入住的，年纪和我差不多大，高高瘦瘦的。那个年代宾馆住宿还没有什么身份证全国联网系统，况且这种小招待所为了牟利往往不看住客的有效证件。接待员听完我的形容就说那人住在 207。

听到我的声音，门里面的班磊闷了许久，拉开门缝，发现外面就我一人，才放我进去，但门还没关上就忙问："你怎么找到我的？"

房间里的电视机在放港剧，并且弥漫着一股烟味，我咳嗽了几下，然后盯着他的眼睛，下了很大的决心，一字一顿地道："通过你的小女朋友。"

在接下去的半个小时里，我把很多东西都告诉了班磊：尾巴，跟踪，告密，代班长和学生会职务的由来，水手服（没说第三者的存在），包庇，但没涉及尾巴小组的具体细节和人物。

在此期间班磊坐在床上连续抽掉了小半包烟，眼睛睁得老大，除了插问几句，一言不发。等我说完这个神话般的故事，他的嗓子已经被连绵不绝的香烟弄得嘶哑："没想到，你会做这种事。"

我很愧疚，但没有退让："我也没想到你会离家出走。"

班磊自嘲道："看来我们都长大了。"

"回去吧。"

"我不想回去，不想读没用的书，我要离开这座城市去外地，去寻找自己的梦想。"

"什么？！"

班磊的脸上露出一种奇怪的朝圣者般的表情："你从来没有想过，走出现在的世界，'生活在别处'么？"

我听得一头雾水，如果不是我明白班磊现在的状况，还会以为说这话的人是疯子："别傻了，能走到哪去？我们还是要读书，还是要高考的。"

他知道和我说不通这些"道理"，便摆摆手，讲："你走吧，你我就当丝毫也不知道对方的底细。"我说："晚了，我从你外婆那里要了你父亲的传呼机号码，如果你不跟我走，我一出这个门就会联系他，然后告诉他关于你女友的事情。"

班磊脑门发青："你……"

"对。"我说，"我是不要脸，我是喜欢告密，我就是个尾巴。"

班磊的脑子也转得很快："你没想过这么一来，你之前对我的包庇都白费了，你的那些'业绩'也会就此一笔勾销么？"

我点点头："我不能眼睁睁看着你做傻事毁掉自己——所以，要么你跟我一起在这个笼子里幸存，要么，就一起被毁掉。"

4 ═══════════

周日下午五点半，离家出走五十三个小时的高中生班磊忽然主动现身回到了家中，他父母还以为是老天显灵让儿子回心转意。

当然，班磊还是免不了差点被父亲暴打，不过幸好被母亲和外婆中途拦截下来。

第二天他回到学校，周遭的一切还是那般平静，或者看上去是那么平静。他离家出走的消息班主任一直压着，所以其他学生都不知道。至于学校管理层内部，反倒没有给班磊什么处分，生怕刺激了这小孩又导致他离家出走，到时候要是引来了电视台或者报社什么的就完蛋了。何况班磊对外宣称自己出走是因为"学习压力太大所以出去散散心"，而不是"义无反顾地去追求梦想中的自由"，学校除了让心理辅导老师跟他谈话之外，也就不好再多计较什么。

同时这天也是星期一，又有混合体育课，还是和班磊他们班级一起上。但我们总是刻意避开对方，一句话也没有说。

因为我们之间该说的都已经说光了。

当时在招待所的 207 房间，我表明自己的坚决态度，班磊沉默了片刻，然后语气中带着疲惫讲："怪不得来了这所学校之后，我总觉得你怪怪的，有时候好像故意躲着我，原来我们已经不是一路人了。"

我摇摇头："你是尾巴的目标，我不能让他们发现你我关系密切。"

　　班磊："对，我还要谢谢你，如果没有你包庇，我早就被别的王八蛋举报早恋了——跟我说说他们会怎么处置被抓到的学生，浸猪笼？嗯？还是女生课桌上立一块'淫乱牌坊'，男生戴个高帽子游街？"

　　我避开他的嘲笑："知道你成绩为什么差么？就是因为她。"

　　他又拿出一支烟放进嘴里，含糊地道："你跟那群老师说话的口气一模一样了。"

　　我说："你是我最好的朋友。"

　　班磊停住点火的动作，瞥了我一眼，神色冰冷："以后可就难说了。"

　　班磊重现江湖之后，和水手服的来往并没有丝毫改变，一如既往。

　　尾巴小组并没有因为他的离家出走而怀疑我的报告，因为那天说服班磊同意回家之后，我告诉他说把身上的钱包、眼镜、手表乃至名牌外套统统扔掉，这样就能造成证据来支撑这么一个假象：班磊离家的两天里没有找任何人联络，拿着仅有的那点钱流浪街头，晚上就睡在通宵营业的公共洗澡房，结果身上值钱的财物都被小偷偷走了。

　　龙虾他们果然相信了这个说法，一个谈恋爱的学生离家出走后是不可能不去找自己的恋人的，更不会窘迫到最后衣衫褴褛地狼狈回家。至于我和他曾经在同一个初中念过书的事实，因为我们当时不在一个班级，所以并没有明显证据来将怀疑的矛头指向我。

作为尾巴，我救不了别人，但至少我能救班磊。

但班磊对我费尽心机所做的这一切并不显得多么感动，他只是向我承诺尾巴的事情不会对任何人说，包括水手服。

对这个承诺，我毫不怀疑，因为这是我们彼此间的最后一次互助。当时班磊对我说的话我一直记忆犹新："林博恪，我和我女人的事情欠了你很大一个情，你的秘密我不说，只是从此往后……"

只是从此往后，他和我，无论校园内外，都将形同陌路。

我听完，点点头，起身走向门口，捏住了把手却没有转动。我刚才一走进班磊的房间时，就发现他的床铺很凌乱，枕头也扔到了地上。鉴于水手服在这个房间曾经和他孤男寡女共处一室，时间跨度长达一小时，而且班磊现在只披着一件衬衫，扣子也没扣全，我不得不往最坏最深入的地方去猜想他们现在的关系程度。但我此刻的身份已经不是他的好友，所以终究没有多嘴，把水手服的"奸情"压在了喉咙口。

身后的班磊察觉到我的古怪，一边穿衣整理东西一边问："还有什么事么？"

我清清喉咙口，讲："以后少抽点烟。"

言罢，出门，滚蛋。

5 ═════════

暗中保全了班磊之后，新的尾巴任务下来，跟踪老相识"拉瓦锡"。

剪刀小组破译出了那串号码的两种可能性，但却没有按照我所想象的笨办法以惊人的毅力一条一条查阅手头的学生电话号码汇总，而是动用了最新式的科技武器——电脑。

1997年的时候，托比尔·盖茨的福，中学电脑课的内容从只能开机关机、输入DOS命令或者Fox语言有了质的飞跃，虽然后来叱咤风云的Windows98操作系统还要足足一年才能面世，但学校电脑的Word软件已经足够处理查阅号码这样的小事情。

另外，插句题外话，也是在这一年，中国出现了第一家网吧，并且在后来的岁月里让游戏机房老板们眼红不已，纷纷改行，更让那些曾经强烈抵制学生去游戏机房的教育工作者们觉得道高一尺魔高一丈，真乃世风日下矣。

但在此之前，电脑还是成为尾巴小组手中的利器，南蕙查出这个号码属于我校高三年级某女生，资料表明，她和拉瓦锡曾在同一所少年官学习手风琴。摆在今天，这会是一部校园爱情小说的情节，而且还是姐弟恋的桥段，放在第五代或者第六代导演的剧本镜头里，场景大概如下：在温馨的少年官教室内，在悠扬的琴声里，一个青春期少男和一个花季少女在旋律中传递着彼此的情愫……

但回到现实，对那时的尾巴来说，这是一个明显得不能再明显的线索，只有瞎子和弱智才会放过他们。而且因为女方嫌疑人正在读高三，学校不介入都不行。

就这么简单。

三天后，我的目标拉瓦锡落网，高三女生则被他们年级组长请去作语重心长的恳谈。

而我，却几乎夜夜失眠，一进入梦乡，场景就是初一那年的秋冬，在初中的那个煤渣跑道操场上，体育课男生测验一千米长跑，三个班级的男生一起测，其中就有班磊他们班。

我从小体质就弱，短跑凑合，扔实心球勉强及格，长跑太考验耐力，对我而言是道难关。那次测验也不例外，两百五十米的跑道，我跑第二圈时就已经落在队伍最后面了，属于名副其实的"尾巴"。

就在我以为自己无法继续苟延残喘快要死在跑道上的时候，一直领先在前面的班磊放慢速度等我过来，然后并肩而行，暗中推着我加速。

我们体育老师也知道我的情况，并没有为难这种作弊行为，我比及格线晚了三秒抵达，也被他篡改成刚好达标。这固然可喜可贺，只是班磊因为我也是六十分，影响了体育总分，并进一步拉低了学期末的德智体美劳总评分，与优秀学生的三百元奖学金失之交臂。

再后来，那个心地善良的体育老师调走了，取而代之的是个一嘴烟臭的虐待狂。班磊第二次帮我长跑作弊时被这厮一把抓住，接着就是一个耳光，然后骂了个狗血喷头，说年纪轻轻胆子不小，当我是瞎子么？有没有把我放在眼里？

班磊那时候的叛逆心理还没像今天这么强，说离家出走就离家出走。那时他还是个个头不高的初一学生，不会还嘴。那个老师骂得来劲，说你这么喜欢帮他跑，那好，你干吗不背着他跑？

一直保持沉默的班磊忽然开腔了："我要是背着他跑一千米，你算我们两个都及格？"

那老师也是犟种，从心底里歧视这个毛头小子："及格算什么？六分钟以内跑完，都给你们九十分！"

这浑球说话这么有底气是有原因的：我们的初中很差，男生调皮顽劣，不少人和外面的混混小流氓有交情，一般的老师都管不住他们，所以彪悍的体育老师一直是学校管理方面的中流砥柱，工资低，威望高，有时性子急了，出手打学生几个耳光或者踹一脚也没人追究，而且，那时候师长们普遍认为体罚学生有助于培养他们的"健康"人格。

而这也意味着，只要这个虐待狂遵守诺言，就算给我们一百分也不会有人抗议。

我虽然体质差，却信奉男子汉理当顶天立地，像战场上的伤员那样被人背着跑，成何体统？但我刚一抗议，班磊就先剜了我一眼，说你不上来我就背别人去。这一刻我才明白，他其实是对这所学校的生活忍耐到了极限，现在终于借势爆发了出来。

已经不仅仅是及格不及格的问题。

于是那天的体育课上就出现了班磊背着我跑步的奇景，不知道的还以为我们在模仿战争电影里英雄人物救助挂彩战友的情景。跑完第一圈的时候我就想下来，但班磊咬着牙关说你现在下来我前面这一圈都白跑了，你也会不及格——给我在上面老实待着！

那是我终生难忘的四圈，共花去了六分四十七秒，最后我和班磊都得了七十分。这来之不易的七十分导致班磊咳嗽了整整一个春天，刚下跑道时更是上气不接下气。我用身上仅有的两块钱飞奔到小卖部买了瓶橘子汽水给他，他喝了两口就"哇"的吐了一地，然后用力抓住我搀扶他的手臂，一字一句地讲了我十六岁之前所听到过的最佩服的一句话："这狗屁倒灶的鬼学校，你看着，我总有一天要离开！"

然而三年后，当班磊真的要将这个信念贯彻实施时，我却出手阻拦。因为我觉得它并不可敬，相反却是如此可笑。

但我始终笑不出来。

因为我们都走不出去。

6 ═══════════════

这时他忽然听到一个声音说："真正的小鹦鹉。"

这声音很近，几乎就是在他身旁。

他立刻在芒果树最下面的枝头上找到了它。

"不要脸的东西。"他对它喊道。

鹦鹉以同样的声音反击道："你更不要脸，医生。"

我轻叹一口气，合上书。

这本《霍乱时期的爱情》在我的书桌抽屉深处已经躺了有一小段时间，就像装满病毒的试管那样被我小心保存。自从班磊的事情之后，我时常将它偷偷翻出来看几页，越看越觉得这本书不顺眼，何况还是学校财产，不愿再保存下去。所以我想出了一个两全其美之策，那就是把它悄悄放回学校图书馆，但为了不让别的学生找到，一定得把它放在最冷僻最阴暗的书架角落，书背朝里，永世不得翻身。

这天中午我照旧把书插在后侧裤腰这里，穿上外套，屁股动作僵硬地一步步走进图书馆，然后挑中了最东侧那排书架的中国古典戏曲文学区——那里常年宛如可可西里地区一样无人光顾，是隐藏的绝佳选择。

然而我刚要撩起上衣，却听到一个耳熟能详的嗓音从书架的另一侧幽幽传来：

"林班长真有雅兴，到这里增加学识修养来了？"

　　我太阳穴登时一紧，抬头望去，南蕙的两道目光正透过一排书籍上方的缝隙朝我射来。

　　然后我的屁股就抽筋了。

　　南蕙没有发现我来图书馆的真实目的，她只是奉了龙虾的指示找我，然后碰巧看到我走向图书馆大楼，就跟了进来。而当我跟着南蕙一起站到龙虾面前时，那本可谓大逆不道的爱情小说一直都插在我的屁股后面。

　　就在半小时前，根据高一某班的眼线举报，他们班上的三男两女以及隔壁班的若干人在这个星期五放学后会集体出去玩，那天是其中一个男生的生日。这群人里面包括了我们黑名单上的三个人，因此尾巴小组决定跟踪他们的庆生活动。但因为这次涉及的人员众多，一个尾巴是肯定不够用的，而派两个尾巴一起行动又违反了尾巴只能单独行动的安全原则，所以他就选中了我和南蕙这两个"例外"。

　　这次跟踪可谓是尾巴小组历史上"规模空前"的一次行动。

　　龙虾将任务陈述完毕，我的疑问脱口而出："南蕙行么？"

　　我不否认南蕙的机敏与才智，但据我所知她毕竟一直是和信件、化胶药水和档案数据打交道的。

　　站在我身边的高二（3）班班长毫不示弱："林班长，开学以来高一年级一直是我们监控的弱项区域，这次行动有着敲山震虎的作用，十分重要，所以上头配给我们一台高级照相机——想换个搭档？那你能告诉我你对尼康的 Z00m310QD 这个型号有多了解么？"

她的这番话我无言以对，因为我知道南蕙的爸爸就是个专业摄影师。而后来那天下午的行动中，她也表现得不愧为一个摄影师的女儿，我们的目标群（加上几个外校学生总共十个人，正好五男五女）像群蝗虫一样分别光顾了电影院、和平公园、麦当劳和游戏机房。在此期间南蕙手持照相机躲在我为她选择的隐秘角落摁动快门。多年后当我在电视里看到媒体狗仔队那不知疲倦的忙碌身影，顿时感到亲切万分。

到了晚上五点半，这场生日聚会曲终人散，随身带着的两卷胶卷已被我们用掉了一卷半，其中包括了我们学校两对男女手牵手的"精彩瞬间"。此一役可谓收获累累，但就当我们准备进一步扩大战果时，意想不到的情况发生了。

当时我和南蕙眼看着他们在游戏机房门口三三两两地分开，便选择了一对情侣行为不那么明显的男女生继续跟踪，并打算从游戏机房后面的一条小弄堂里抄近路到四平路天桥下面等着他们。

谁知刚走进弄堂不到两百米，我们前方就闪出了两个染着黄色和红色头发的小青年来。见对方眼神不善，我下意识地拉住南蕙就要后撤，却发现背后的路已经被另外两个人给堵了。

瓮中捉鳖。

我早该想到这一带治安不太好，游戏机房附近更是街头混混时常出没和"创收"的地方。若在平时，无非也就损失个十几来块钱，但南蕙此刻脖子上却正挂着一台高级的尼康，非但属于学校财产，里面还有大量不可告人的偷拍照片。

而我们面前的混混之一似乎非常识货，从他出现之后，目光就没有离开过这台价格不菲的相机……

第九章　真实想法

1 ═══════

　　混混抢劫中小学生，在我们这里俗称"拗分"。

　　在那个治安不怎么令人放心的年代，拗分是偏僻的弄堂小巷的一道独特风景线，参与的双方男女不限，学校不限，唯一限制的是地盘。初中小学和游戏机房附近是拗分的黄金地段，历来为各派混混争夺的热点，因此敢在这里集群拗分的，必然是混混中的"悍匪"级别。

　　我和南蕙现在遭遇的就是这样几个人，前二后二成包夹之势。此刻想要走脱，是妄想，想要呼救，更是冒险——我们面前的一个混混从腰后抽出一把弹簧刀，"咔嚓"一声打开，亮出明晃晃的刀刃，却又捏住刀头，胳膊交叠抱起，将刀隐于左腋下。后来我才知道，亮刀，是威吓猎物不要声张；随后隐刀，则是巧妙地避开了"武装抢劫"的嫌疑。

这就意味着，我们面对的是一群专业人才，和当初王丰抓到的那种菜鸟不可同日而语。其实就算不动刀，四个我也对付不了这四个混混。现在我们所受的安全教育是遇到劫匪，保命要紧。而那个时候普遍号召的是：和犯罪分子做斗争。

殊死斗争。

然而就在我决心要鱼死网破的时候，身后却忽然传来一声犹疑不定的试探："林……林博恪？！"

这嗓音颇耳熟，我猛然回首，但见后面堵截我们的一个小混混面孔红白，脖子伸得老长。我倒吸口凉气，终于认出这人乃何方神圣。

叫我名字的这个混混外号"电烤鸡"，是我初中的同桌。

想当年我那个班级的男生群雄割据，大多数都有做梁山好汉的志愿，只是迫于九年制义务教育只能先待在学校休养生息，但基本上都和外面的混混小流氓来往密切，无论是思想交流还是肢体冲突。

电烤鸡便是这类有志之士，从来不交作业，每次考试交白卷。无奈他有个在屠宰厂上班的老爹，性格激烈，是真正在刀口上混饭吃的主儿。有次电烤鸡三门主课考试总分加起来不到二十，他爹被请到学校一叙，出了老师办公室之后就抄起教鞭满教室追打电烤鸡，他儿子鸡飞狗跳上天入地四处逃窜，方保住两条鸡腿。打那之后，电烤鸡就很注重做表面文章，作业抄我的，测验也作弊偷看我的，终于手脚俱全地结束了初中生涯，考进了（或者说落进了）一所强人辈出的技校，从此如蛟龙入海，无法无天。

因此，毫不夸张地说，要是没我这个同桌，电烤鸡可能早就被他老子灭了。而我之所以一开始没认出他，既因为情况紧张，也因为他的外貌和当年的差距实在过大，头发上染的颜色超过五种，长度能和南蕙媲美，几乎完全遮住了上半个脸。幸好电烤鸡读书不用功，完美地保留了一点五的视力，终于在千钧一发之际认出了我。

有了关系和后门，一切都好办了。

如今的电烤鸡也算混出来了，居然是这群人的二把手，并且牢记那笔恩情，一句话就放了我跟南蕙，还勾着我的肩膀大谈当初的往事，再谈下去几乎就要拉着我上酒馆了。难怪古人云"仗义每从屠狗辈，负心多是读书人"。我眼见能够安然脱身，便抓住机会和这群友好人士告辞。

走的时候，电烤鸡还在后面喊："下次在这里有事，你就说是我的人！"

我听得汗毛直立。

2 ════════

"虎口脱险"后的星期二，学校的春季运动会如期召开。

这一带高中众多，但都场地有限，所以每凡召开学校运动会，都是问同济大学借大操场，故而学生对这所名校极有感情，起码是对它的食堂很有感情，每年我们学校报考它的人都"一波未平，一波又起"。

但同济大学的场地大也有坏处，开运动会的时候人员容易分散，方便做些偷鸡摸狗之事，甚至还有学生会借机逃跑出去玩，于是便有了外场纪律巡逻队，成员是各班抽调出来的干部。

校运会时，班干部里唱主角的是体育委员，拉拉队有宣传委员和团支书负责，看台有班主任坐镇，我这个四肢不发达的班长显得无足轻重，于是进了巡逻队。不过巡逻的间隙我还是偷偷回到场内看了看男子四百米的决赛，因为班磊就在里面，且据说是夺冠热门之一。

但发令枪响后，在距离起跑线不到五十米的地方，他就和其他选手冲撞在一起，摔倒在地了。同学一片哗然，我更是不自觉地朝前迈了一步。

好在班磊并未受伤，在地上滚了一圈之后顺势站起来继续比赛，看台上响起一阵稀稀拉拉的掌声和叫好。但班磊一开始的优势已经荡然无存，位于倒数第三，想要夺冠只能靠奇迹。

我轻叹口气，忽然身后响起南蕙的声音："前面听说有人拿这几场决赛赌博，你们班选手的赌注可是一比三呢。"

　　我数学虽好，但对赌博的这些数据一窍不通，不晓得这个赔率是好是坏。痛恨一切体育活动的南蕙也是场外巡逻队的，她眼睛很毒，我脱离岗位后在体育场边选了这么一个僻静安全的角落都能被她发现。

　　我说："你们班的人跑得也不慢，前三没问题。"

　　南蕙讲："那有什么用？我们班跑得最快的是王丰，去年的四百米冠军，可惜他现在不在了。"

　　我想起王丰那两条蚂蚱似的大长腿，当初抓小偷时狂奔的场景历历在目，反问："你来这里是为了帮我回忆过去？"

　　南蕙说："不，那天遇到混混的事，我还没谢过你。"

　　我说："不必客气，是你我运气好。"

　　忽然场上的欢呼达到顶点，高二男子组四百米的结果已经出来，南蕙他们班的亚军，我们班的季军，班磊第五名。等场上的声音稍微平息了点，南蕙接过我的话讲："我一直以为，做我们这样的人，上天是不会给什么好运气的。"

　　龙虾的得力助手会这么说，我倒有些诧异："你觉得我们做的都是坏事么？"

　　她笑了："你知不知道我小学一年级就当班长，手臂上的大队长三道杠从绿变红，一直到现在，读了十一年的书，做了十一年的干部。"

　　"那又怎样？"

　　"所以，你不要问我这么低智商的圈套问题，我不会跟你讨论尾巴和剪刀的是非对错。不过说实话，我倒希望他们都畅通无阻地早恋，然后成绩变差，这样就能少几个人和我抢重点大学的名额了。"

我咂咂嘴："很真实的想法。"

"那你呢？你的真实想法是什么？"

我仔细打量她一眼，语气慎重："这算什么？内部审查？"

南蕙说："当然不是，只不过那次拗分……长这么大我还是第一次碰到，也是第一次那么害怕，可后来回到家我就觉得很好笑，原来你有那样的初中同学，就更加好奇你的初中会是什么样子。"

我皱皱眉头："你以前有没有听说过坊间的一句话，'七中凶，长云猛，兴职的混混乱砍人'。说的就是第七中学和长云中专的学生很凶猛，而兴业职校的混混平时都是带着管制刀具去学校的，一言不合就会拔刀。"

她点点头。这句话流传到三个区，群众基础还是很广的。

我说："其实后面还有一句，'群架不打东腾升'，腾升中学在全市分东西两家，东腾升就是我的初中。为什么不能和东腾升打群架？因为这所学校地段不好，以前是棚户区，三教九流鱼龙混杂。学校的初中部，八成男生不要读书，一半以上都和街头、职校技校的混混们有来往，若要打群架，倾巢出动，人数上没人能像我们这样全民皆兵。学校内部管得很严格，但出了校门的那段路，就是他们的天下。但凡家境好点的乖学生，考到这里也会出钱转校。"

她听了若有所思："你想走走不掉，不能像现在这样讲原则，只能选择让他们抄作业、作弊？"

我笑她的幼稚："你还没明白，我没有权利去选择是讲义气还是讲原则。我不反抗，我的作业会被人抄，我反抗，作业还是会被人抄，只不过身上会多几个乌青。你以前见过哪个班级每个学期都会少一两个人，因为不是被人砍伤住院了就是因为砍人进少教所了？你见过课间休息的时候其他班级的人拿着水果刀冲进来找你同学算账的么？你知道烟头烫脸颊是什么滋味么？"

场上的比赛在继续，但我们两人之间一阵寂静。

我说："我和你一样当了十多年班干部，只不过都是劳动委员，初中四年里我负责监督的值日生，一半以上都是我自己一个人做掉的，因为轮到打扫卫生的两个人放学后拍拍屁股就跟他们马路上的弟兄会合去了。"

南蕙清清嗓子，道："你也怪不简单，在那种环境下学习，居然能考到这里。"

我回答："每次我做完不属于我的活儿，看着干干净净的教室，就知道明天又会被他们弄得一塌糊涂乌烟瘴气，我就发誓，我一定要考到重点中学，远离那个生活，远离那个世界。四年里我所失去的，我被剥夺的，我都要拿回来，要和我当初付出的成正比，不管是用哪种途径、哪种手段……"

　　一声发令枪打断了我的话，刚刚开始的是女子组一百米，分不清是哪个年级组。我发现女生无论跑得快还是慢，姿势都很难看。十几秒后，选手冲刺到底，我转过头，看着瘦小而脸色苍白的（3）班女班长，问："现在，你知道我的真实想法是什么了？"

3 ══════════

　　正当学校运动会如火如荼举办之时，上周五那次摄影行动的照片终于清洗出来了，并且立刻被送到了身在运动会现场的教导主任螃蜞手中。

　　在接下来的二十分钟里，很少有人会注意到，高一的几名学生被陆续请到了体育场外面，甚至其中有一个男生是男子4×100米接力的选手，临上场的时候也被替换了下来——他是那堆照片里唯一被拍到和女生接吻的倒霉蛋。

　　被请出来的这几位当然感到不对劲，但螃蜞却老奸巨猾地卖了个关子，只说明天请你们家长来学校一趟，然后就走了。留下那几个心怀鬼胎的男女生你看我我看你，顿时明白乌云已经盖顶暴风雨即将来临。

　　结果第二天一大清早，这几个学生里就有人主动去东厂一条街找螃蜞交代问题去了。有了内部的缺口，螃蜈自然兵不血刃地逐一击破，对当事人则宣称他们出去玩那天正好被学校的一个老师撞到了——而真正的证据、那些照片，甚至都没拿出来过，只作为最后储备的精确打击力量。

这次事件可谓杀鸡儆猴，至此，原本还显得有些后生轻狂的高一年级终于学会了收敛。而由于出色完成任务、并且使得照相机免于落入拗分混混的手中，我也得到了来自龙虾的进一步奖励，那就是财神家里的提高班名额。

财神是我们学校一个数学特级教师的外号，本姓柴，因为特级教师的金字招牌，还参加过两次高考出题，所以每个周末他家办的补课提高班"人满为患"、"日进斗金"，于是柴老师就被叫成了"财神"。而且要进财神家上提高班光有钱不行，还要有后门关系，故而能成为财神家周末的门客，简直是比做学生会部长还难。

就是这么个让人垂涎欲滴的名额，落到了一文不名的我头上，并且费用全免。

在我们学校，只有少数人知道龙虾和财神其实有远亲关系。但财神似乎并不知道龙虾的另一重身份，他们这帮特级教师已然到了只知钻研高考考题的境地，对其他乱七八糟的事情视若无睹，南蕙管这种情况叫作各司其职。龙虾大概只是解释说我家境贫苦但是聪明好学，便说服了财神收留我。

自此之后每逢周六上午，我便诚惶诚恐地赶赴他家，和其他从各个高中慕名而来的学生一起聆听每小时一百块钱的提高课程，然后时不时地走神想到班磊。

当年在初中，补课也是一门暴利行业，只不过在我们学校就有些走味，官方开办的没有提高班，只有补差班，而且免费，说穿了就是想办法拖住这帮浑小子别一放学就上街祸害人，可惜收效甚微，每次的上座率都很低。

班磊他们家出钱给他请了一个家教，外加上两个补习班，每个周末上完课，班磊都不是直接回家，而是跑来我家照葫芦画瓢给我讲一遍。正是通过这种二手补课，我初一初二的学习底子才特别牢，到了初三才能超常发挥。而班磊自己在初二时先走一步：他们家动迁，房子分在浦东，他也转到了那里的寄宿制学校，留下我独自奋战，终成正果。

所以，就像我和电烤鸡的微妙关系那样，没有班磊，可能就没有我的今天。但如果班磊早料到今天的林博恪会是这样，那么当初就算打死他，恐怕也不会帮我哪怕一点点。

来上财神的提高班之前，我最后一次见到班磊，是在学校门口的黑板报宣传栏。

那里曾经是巫梦易被请去教导处前最后待过的地方，现在那上面却贴着一张处分告示，就是被南蕙拍到接吻的那小子，罪名是早恋且情节严重，特给予口头严重警告处分。

我路过的时候班磊正站在宣传栏前细细端详，他也看到了我，脸上的色彩由灰转白，最后变成青色。我认出他时脚步顿了一下，愣在原地有两三秒钟，嘴唇嚅动却无法开启，然后眼睁睁看着班磊装作陌路人从我身边走过，并在擦肩的瞬间口头表扬了我："干得不错。"

短短四个字，阴而冷。

我定定神，扭头看看贴着告示的宣传栏，想起的却是初中教室的那块黑板。

我曾跟南蕙提起过初中四年里做掉了一大堆本不属于自己的活儿，却隐瞒了一个事实，那就是很多次都是班磊在边上帮我一起扫地擦黑板排桌椅，并且是一边做一边骂，骂我傻；骂我同学浑蛋，骂学校破，然后就用粉笔在黑板上画王八和猪头，写着老师或者小霸王的名字。

其实骂是因为对现实的无能为力，他也在自己的班上受欺负，被逼着借作业给别人。不过那个时候他就讨女孩子喜欢，只是班磊很有分寸，开开玩笑暧昧几句就点到为止了，因为影响学习不说，万一勾搭上的哪个漂亮女孩是某个混混男生的暗恋对象，那还了得？却万没料到若干年后的今日，我们二人会因为早恋这个原则性问题而分道扬镳。

所以当初我们在黑板上画的两种动物，可能现在都走下来附在我们身上了。

但谁是王八，谁又是猪头？

4 ≡≡≡≡≡≡≡

　　财神的数学提高班的确卓有成效，虽然对于那些资质一般的学生来说，补习的内容宛如天书。

　　冒着打广告的嫌疑说，我的数学在那段时间里有了长足的进步。

　　放到今天，你可能会怀疑让我们这些尾巴把放学后的精力放在跟踪而非学习上，是否值得。其实恰恰相反，学校对此是深谋远虑的。尾巴本来就是一群学习稳定的人，他们的不确定因素无非是将来考个好点的本科还是次点的本科。对于本科升学率来说，一个争取进北大的好学生，和十个争取进本科的普通学生，重点永远是后者。

　　因为礼拜六要补课，我不再接到周末的紧急任务。有时若心情好，就去陈琛家下几盘五子棋，说说学生会里的事情。

　　这一切便是我仅有的娱乐活动。

　　然而那天我补习完毕，在回家吃午饭的路上却鬼使神差地拐进了一家新华书店，想淘一本市面上难寻的外语辅导书，大海捞针了一番终无结果，正要转身离开，忽然一只手搭在了我的肩上。

我扭过头，然后呼吸一紧。

是王丰。

从年初"马可尼"落网转学到今天，已经有两个多月，按理时间不算很长，然而我却很难将眼前的男生同昔日的（3）班体育委员联系起来：面有菜色，眼眶凹陷发黑，面颊消瘦许多，头发凌乱，像是睡觉起来之后丝毫没有梳理，至于一身衣服，虽然干净，却总感觉古怪，好像是个空架子。

他的变化实在太大，也难怪我进书店的时候竟然根本没有察觉到。如果不是因为以前十分关注他的一举一动，我走在马路上可能一下子都认不出来。

那个曾经见义勇为的短跑健将，不复存在。

王丰将我暗怀鬼胎的愧疚和心虚错当成了意外邂逅的单纯诧异，苦笑了一下，讲："你好，你是以前（7）班的林，林……"

表面上我和王丰都属于班干部，互相脸熟却谈不上真正的认识，于是赶紧自我介绍："林博恪，我想起来了，你是南蕙他们班的体育委员吧？"

"对，对。"他说，然后惭愧地纠正，"现在不是了。"

我点点头说："知道，知道。"然后岔开话题，"真巧，居然在这里遇到，你……最近还好吧？"

其实我知道王丰的日子是不会好过的。他后来转去的是一所寄宿制中学，据说前身是教会学校，地处偏僻，四围高墙，校风严谨，一个礼拜五天学生是不能出学校的，过着真正意义上的苦行僧生活。

果然，王丰的脸上浮起一种难以言说的表情，这种回忆的表情我只在纳粹集中营幸存者的纪录片里看到过，可他还是搪塞道："马马虎虎吧。"

我深知内幕，不愿多问，正不知道怎么摆脱目前的尴尬局面，他却先开口了："这个，其实，我还想请你帮我一个忙。"

"什么忙？你尽管说。"

他似乎在吐字出口的最后一刻还在犹豫："能，能借我五块钱么？"

搞了半天，原来是借钱。五块钱对我来说不是小数目，可对王丰来讲可能更是天文数字吧。假如我没猜错，和当时大多数对早恋子女严加管束的父母一样，他们肯定大幅度削减了王丰每月的零花钱。经济制裁无论在什么年代什么问题上都是惩罚的杀手锏。那个曾经花钱赌球、在放学路上可以随意买饮料买报纸的王丰，现在宛如乞丐。

王丰说："不瞒你说，我现在每个月是没有零用钱的……但我会想办法还你，真的。"

我没敢去看他诚恳的眼神，手有些颤抖地去翻我的口袋，那里有几个一元钢镚，另外我的书包里还有几张一块钱的纸币。

王丰面色回暖，不知是因为欣喜还是更加愧疚，补充道："我就是想买份《体坛周刊》，很久很久没看了，看完了你拿着，你再留个地址，一有钱就还。"

我说："不用急着还，报纸是你的，何必给我。"

他却急了，讲："你不明白，我不能带回去，看完扔了太浪费。"

我抬起翻找零钱的目光，惶恐而不解地看着他，手中的钢镚微微发凉。对方神色疲倦，语气中带着麻木和妥协，向我解释说："每次回家，他们都会搜我的口袋和书包。"

5 ═══════

邂逅王丰后的星期一，我被请到教导处谈话。

罪名是抽烟。

香烟是当天上午我在老师办公室得到的，金上海，就摆在我们物理老师的办公桌上，距离我们班的那叠作业本只有十厘米，大概是哪个熟人给他的，没来得及抽。碰巧物理老师走开了，我趁着拿作业本的时候将它夹在手指之间带了出去，神不知鬼不觉。

至于抽烟的理由，自然是迫于精神压力。那天王丰问我借钱之后买了本《体坛周刊》，然后立即如饥似渴地翻阅，宛如在沙漠里苦熬了三天的幸存者找到了一大片绿洲。看完之后他依依不舍地将周刊给了我，留下了我们家的地址，告别。

当然，我给他的地址是假的，他不必还钱，真正欠了对方的人是我。这天夜里，久违的失眠和我重逢。我想到当初王丰见义勇为抓小偷的新闻报道，那个被窃的受害人是一个六旬老太，小偷偷走的是她的退休工资，幸好被王丰追了回来，才没让老人急得犯病。我母亲当年也有这样的遭遇，只是她没能遇到王丰这样见义勇为的好心人，那笔丢失的工资让她哭了两天两夜。

辗转反侧了一个周末，当我来到学校时，眼圈暗黑，犹如国宝。

中午午休的时候，我把那份《体坛周刊》悄悄带进图书馆，放到了阅览室的期刊架子上。然后走出学校，用身上仅剩的一块钱买了个打火机，躲在社区小花园的树林子里第一次尝试香烟的味道。

抽烟的那种感觉，一塌糊涂，却丝毫减少不了一个告密者和跟踪者的苦闷。反倒是身上这股味道暴露了我的行为，然后引来了其他的告密者。

我在掩盖烟味方面是个雏儿，不像班磊那样经验丰富，而我抽完烟回到学校之后竟然傻到忘记漱口，像什么都没发生一样回教室，和不下四五个干部、学生说了说工作或者交作业的事情。结果不知道是其中哪个人向

老师举报，十五分钟之后我们班主任就要我去教导处
一次。

事已至此，我心倒坦然，走在路上步履平稳。

让那个告密者大失所望的是，在那里单独等着会
我的并不是一脸凶相的教导主任螃蟹，而是地理老师
龙虾。

"抽烟的滋味如何？"

龙虾的开场白总是很平缓，其实他任何时候说话都
这个语调，波澜不惊。从没有人见过龙虾发火，但我总
觉得即便他发火，也不会和平时的风格有很大差别。见
我杵在那里不说话，他也没有逼迫，而是拿起办公桌上
的一盒红双喜，那显然是螃蟹老头把这个办公室暂时让
给尾巴负责人时忘记拿走的。他从里面抽出一支，却没
点着，而是放在鼻尖下面闻味道。

"我不喜欢红双喜。"

他自言自语道："有股酸味。"然后他走到桌子后
面，轻轻坐下来，"你知道么，举报你的那个学生说，
他这辈子还从没在一个品学兼优的班长嘴里闻到过烟
味——我们好像很久没有谈论过任务之外的东西了，
来，坐下，告诉我出什么事了？"

我犹豫了几秒钟，在那把颇具血泪史的"教导处审
讯椅"上坐下，但是却没有其他人那样的恐慌，缓缓
道："是王丰，他察觉到我们的存在了。"

那天王丰用我的钱买了《体坛周刊》看完，交还给我的时候艰难地战胜了内心的踌躇，问："对了，（1）班的那个女孩，巫，巫梦易，你知道么？"

我点点头。他终于还是问了，显然他们两个在那之后没再有过联系。

王丰说："她现在还好么？"

我说："不知道，我们班和（1）班不在一层楼，很少看到她。"

这其实倒是句大实话，巫梦易自从爱情友情亲情三方面均受到打击之后，十分低调，连原本和外校笔友的通信都断掉了。但后来我还是见过她一次的，那是我刚进入学生会组织部不久，某天中午在西教学楼的一楼大厅，当时快上课了，人很少。巫梦易捧了一大摞生物作业本在大厅台阶口摔了一跤，伤得不重，只是作业本撒了一地。她就一本一本地把本子捡起来，头压得很低，不去看周遭的世界，好像这世界上就她一个人了，而事实似乎也的确如此。因为碰巧几个学生会的人也在那里，有几个还是她曾经效力的宣传部的人，但他们只像观众和过客一样，因为学生会的一个指导老师和高二年级副组长也在场。而且她捡到一半的时候，那群人正好散掉，巫梦易昔日的同事们陆陆续续从她身边走过，上楼梯。没有人停下帮忙，甚至没有人放慢过脚步。我走在他们的最后面，发现有本本子就在我脚边，却眼睛一闭，跨了过去，再也不敢回头看。

这就是她现在的状况。

王丰对这一切一无所知，悻悻地"噢"了一声，然后讲："不瞒你说，我总觉得这所学校怪怪的，我和她那么保密，都会被发现，我离开之后经常想，是不是学校里有人在跟踪我们？"

我倒吸一口凉气："你是说，老师跟着你们？"

"不。"他摇摇头，"未必是老师，做这么恶心的事情，也许是学生——搞不好，还是学校派来的。"

我勉强挤出一丝笑容："别开玩笑了，怎么可能，学校派人跟踪学生回家？这说出来不太现实啊。"

话是这么说……他挠挠头，不知道是因为我借给他五块钱，还是他从未想过我就是那个可恶的告密者，最后不忘叮嘱："总之，万一，你也那个的话，千万要小心啊。"

我点点头，说我自然会小心。

只是，和他所期望的那种"小心"很不一样罢了。

"那么，这就是你抽烟的原因？"

"我只是觉得，我把他们两个害得太惨了一些。"

"你大错特错了，我们是在帮他们。"

龙虾说着从椅子上直起身体："我知道这个世界有时候看起来的确可笑，十八岁之前和十八岁之后，很多事情就有截然相反的待遇，抽烟是这样，恋爱也是这样，'春天的时候，不要做夏天的事情'，这就是原则，我们的原则。"

我当然知道这个"春夏"理论，我从没有怀疑过它的正确性："那我们是不是有些过火了？"

"过火？"龙虾扬扬眉毛，拿起那支红双喜在指间把玩，"你记得我的办公桌上，那块玻璃下面压的照片么？"

他说的是"地理兴趣小组活动室"的那张桌子，的确用大玻璃压着一张照片。他是那种五官不显老的人，看上去四十出头，其实已经五十多了，我们一直以为照片里的那个十四五岁的女孩是他女儿。

谁知他却微微摇头："那不是我女儿，是我以前的学生。"

6 ═══════════

龙虾在调来我们学校之前，曾在邻区一所普高执教。

当时他教高一和高二的地理，共有七八个班级。其中有个高一女孩是他大学同学的独生女儿，所以龙虾对她很照顾，两个人的关系特别好，女孩也不把他当成纯粹的老师。

那个女孩活泼开朗，聪明伶俐，并且敢作敢为。有一次学校内部行政层面的勾心斗角，差点使龙虾成为教学评估之类的玩意儿的牺牲品，眼看可能会和其他几个老师一起停职下岗，或者转去郊区乡下的三流学校。关键时刻，那个女孩和几个班干部豁出胆子敲开了校长办公室的门，交给他一张有两百个学生签名的请愿书，还打电话给报社的记者，这才"力挽颓势"，没让他们几个老师调走。

因为这个缘故，龙虾也不拿她当小孩来看待。那时早恋的势头还没 1997 年这么猛烈，还处于萌芽的初级阶段，但这个女孩却属于先驱人物，有了秘密男友。这件事情龙虾是有所察觉的，但起初并不在意，只是暗里旁敲侧击让女孩注意一点。女孩向他保证说不耽误学习，龙虾也就眼开眼闭，没跟她父母说。

后来龙虾到内陆地区支援教育建设一年。结果才去了四个月，这个女孩就自杀了。走之前留下的遗嘱表明是遭人抛弃，遂自寻绝路，并且公安局尸检时发现她已怀孕一个半月。由于她生前从未透露过交往的男方的信息，一直到今天，都没查出来导致这个惨烈结果的男性究竟是谁。

故事讲完，龙虾轻轻将手里的香烟折成两截，对我说："她死的时候也是高二……我没有小孩，所以把她当我半个女儿看待；我不知道怎么去面对那孩子的父亲、我的老同学，直到今天我都没敢告诉他我其实早就知道他女儿在早恋。我把她的照片压在桌子下，就是为了提醒自己，永远不要再有那样的事情发生。如果我当时插手干预，那就不会这样收场——或者至少，我会查出那小子是谁，然后把他碎尸万段。"

他说最后那四个字的时候语调还是那么平静镇定，但我低下头来，却发现他手里的那支烟已经被无声地揉成了一小堆黄色和白色的粉末，散乱而触目惊心。

龙虾撸掉手掌上的烟草末，说："从那之后我就戒烟了，因为她一直要我少抽烟。"

然后他盯着我的眼睛，目光平静，语气冰冷："你现在还觉得，我们做得很过火么？而且，你知道王丰当初被请到这间办公室单独谈话的时候，他招供的是什么内容么？"

我一脸茫然。

龙虾动作轻微地抓起那堆烟草碎屑放进烟灰缸："他说，他和巫梦易是初中就认识的，但是在确立情侣关系的问题上是女方主动的——这和我们从女孩那里得到的消息截然相反……"

话音刚落，我瞬时感到头皮发麻，因为我想起了在书店里王丰问起巫梦易时那种怪怪的眼神，似乎不光是纯粹的关心和悲伤。

原来如此。

房间里陷入一阵冰冷的寂静，而龙虾抬起头反问我时，眼神里带着同样的温度："你说，这难道就是他们曾经为之海誓山盟的'爱情'么？"

第十章　十万火急

当初那些举报我抽烟的人一定做梦都没想到，就在我被请去教导处谈话后过了不到三天，学生会进行人事变动，一批高三的部长和主席退下来了，在替补晋升的干事名单里就有我的名字，新职务是组织部副部长。

对于大多数渴望漂亮履历而又不愿负担太多责任的干部来说，这是个梦寐以求的差事。组织部本来事情就少，组织部负责人的事情就更少，每个学年初像大爷一样招一次新人，学年末再像大爷一样考评一次大小干部，剩下的就是无尽的开会了。

正如某个前任部长说的那样，学生会组织部是"最完美的养老院"。为了能进这个养老院做头头，多少人致力于和团委老师套近乎，所以我的升迁让很多自以为熟谙校园官场的人看不懂。从当初我还只是一个小小的、普通得不能再普通的劳动委员，到现在身兼代班长和副部长两重职务，其间不过经历了短短几个月。在我们这所作风传统保守甚至可以说是顽固的学校，这种升迁速度令人吃惊。

和我一样，根正苗红又是"原班人马"出身的南蕙也在这次晋升的行列里，而且是双职：毫无悬念的学习部部长转正，以及学生会干事长。后者完全是个虚衔，完全是为了在内部摆平那些如过江之鲫的干部所设立。

但从另一个层面来说，以南蕙的剪刀小组和龙虾助手的身份而言，这样的赏赐并不为过。

这天傍晚，我代替病假的劳动委员监督完大扫除，又在教室写了半小时作业，最后一个离开。经过楼下的（3）班教室时，发现这么晚了居然还有人在里面自习，而且不是别人，正是"官运亨通"的南蕙。

我不由得来了兴致，出其不意地靠在教室门板上，吓了她一跳。

（3）班女班长回过神，眉毛微皱，语气中却带着疑问："你怎么还在这里？"

我一头雾水："怎么？"

南蕙把鼻梁上的眼镜推了推，显然自己心里有了答案："看来这次龙老师没派你去啊——你之前的目标，帕斯卡，他复活了。"

　　"复活"在尾巴的术语里不是什么好词，它是指一度被认为"身心健康"的目标又有了重大嫌疑，或者已经落网过的目标死灰复燃再度恋爱。如果是前者，它意味着上一次负责跟踪的尾巴不够明察秋毫，这还算是小问题——但如果发现这名尾巴是在包庇目标，那可就是触犯了尾巴小组除了"行事安全"之外的另一则天条：绝对忠诚。

　　不幸的是，身为尾巴，我不够绝对忠诚。

　　更不幸的是，我的不忠很有可能被揭穿。

　　但我听闻这个足够五雷轰顶的消息时并没有表现出惊慌失措，而是依旧靠在门板上，努力控制自己的声音："可能龙老师有别的任务要派给我——他怎么复活的？"

　　南蕙这阵子也忙着学生会学习部的事情，所以尾巴的最新人员部署她也不是特别了解，便没有起疑。她告诉我说班磊复活是因为（2）班某个班干部汇报的，（2）班三大班花之一暗恋班磊许久，上个礼拜终于大胆向他表白爱意（报告里没有提及是在校内还是校外）。但是班磊拒绝了她，说自己有女朋友。这么说说也就算了，别人很可能以为这是种礼貌的托辞。但那班花不依不饶，估计还用了泪流满面之类的低级小伎俩，结果班磊居然索性跟她说了水手服的存在，还拿出了此前一直深藏不露的情侣戒指，总之终于让那班花相信了他是有女朋友的。但班花或者她的闺蜜显然不能很好地管住自己的嘴巴，于是过了几天，就让（2）班的某个班干部知道了，那厮偏偏也是名尾巴，于是昨天立刻上报给了龙虾。

既然连戒指都亮出来了，那龙虾断然没有不重视的道理。多年之后我看到一部电影叫《指环王》，立刻想起当年班磊那极其愚蠢的举动。而这举动的一个后果就是龙虾重新派出了一名尾巴，但却不是我。这里面是不是掺杂着不信任的成分很难说，但我的当务之急，是立刻去警告班磊。

偏偏今天又是星期四，按照之前我得出的跟踪结果，班磊总是在这天去师范附中找水手服。

我和南蕙又扯了两句话，然后慢悠悠地离开他们教室门口。然而一离开这个楼层，我就撒开腿脚飞奔起来。

师范附中地处四川北路西侧的一条小马路内，边上就是当时颇为著名的虹江路旧车市场。加上四川北路本来就是热闹的商业街，所以人多车杂，想要隐蔽地跟踪一个人再容易不过，而要在人群中找到一个人则是难上加难。

更糟糕的是，班磊和那个尾巴应该是大扫除一结束就一前一后来到这里，而我不但自始至终都在监督劳动，完了还在教室里浪费了半个小时——有这点时间，班磊都已经可以带着他的水手服偷渡到拉斯维加斯结婚去了。

然而我不死心，一路疾驰到师范附中，在学校和旧车市场一带转悠了足足两圈，那眼神应该像个正苦苦寻觅自己丢失的爱车的家伙（这个二手自行车市场也是最大的黑市）。接着把南北方向长达好几公里的四川北路"梳"了一遍，最后只能驱车直奔班磊的住所。

班磊的自行车已经停在他们家楼道里。

为时晚矣。

我掏出当时身上仅有的一元硬币，在小区门口的小卖部打了个电话到他家，是他妈先接的，然后传来班磊的"喂"声。

"是我，林博恰。"

"难得呵，什么事？"

"你今天和水……你女友，你们见面了么？"

"见了，问这个干吗？"

"该死……"

"见面不见面跟你没关系。"

我抓紧听筒，然后发现小卖部老板正用一种高深莫测的眼神看着我。生怕他听到内容，我只能背过身小声道："当然和我有关系，已经有人再度怀疑上你，你今天放学之后很有可能被人跟踪了。"

班磊显得很不耐烦："林博恪，你怎么还在和我玩这种间谍游戏？当初不是说好了么？现在是不是闲得无聊，来吓唬我？"

　　我火了，连脏话都喷出来："无聊个屁，明明是你像头猪一样蠢！干吗把那个情侣戒指拿出来给别人看！"

　　话筒那边哑火了许久，显然只有极少数人才掌握的细节足够让班磊相信我的话。但是他思考问题的方式比我还要深刻一些："你这么心急火燎地过来质问我，是真的担心我，还是担心你自己在你们组织里的地位？"

　　这下轮到我哑火了。

　　见我没说话，那头的班磊冷笑一声，随即挂了电话。

2 ══════════

　　这天晚上我在家里根本写不进作业看不进书：语文课本上的汉字全部成了甲骨文；外语书上的字母好像不是英文，而是拉丁文或者俄文；十个阿拉伯数字看上去毫无区别，每道物理题目都像悬疑小说的线索，化学元素符号则宛如神秘的上古鬼画符……

　　我知道我完了，不光是指今晚的作业，还有我的前途，班磊的前途，以及之前我和他订立秘密契约时所牺牲的友情。

　　该死该死该死。

　　我在屋子里坐卧不安，像一只消化不良的老虎在兽笼里那样走来走去。明天一早，班磊就会被请到螃蜞的教导处，然后估计到中午的时候，我也会被请到那里，要么直接就是龙虾的办公室——前提是班磊供出了我。

他会供出我么？我不知道，也不敢知道。

甚至，哪怕他对我只字不提，螃蜞也只要用一个问题就能揭穿我和他的谎言，那就是班磊和他女友谈了多久了。这个问题班磊不回答的话，水手服也会回答的，因为今天的尾巴一定按照标准操作流程跟着她回家了，到时候他们会亲自找她谈话。水手服和班磊既然已经谈了很久的恋爱，而我作为前任尾巴跟踪了他们足足两个礼拜居然一直没发现？龙虾他们可不是傻瓜。

正一脸阴云地来回踱步，母亲忽然打开门进来，见我没像以往那样在桌子前面埋头苦写，大为诧异。我解释说被一道大难题卡住了思路，正在脑子里挖空心思呢。她很理解地点点头，讲："先吃些点心休息一下吧。"

我看到她手里端着的盘子上摆着一些饼干，诧异程度不亚于刚才的她。

我之前也不是没有受到过这种"待遇"，只是偶尔才有，而且大多是些很廉价的带着疤痕的水果，或者没有一丝奶油的清蛋糕之类。而今晚却是相对高级的夹心饼干，上面有很多果酱和彩色糖粉。我一开始还以为这大概是她们单位里发的或者熟人送的，她却告诉我说是买来的，专门为了犒赏我这次晋升学生会副部长。

嘱咐我吃完快点写作业，她就出去了。我却对着那一小碟五颜六色的点心毫无胃口，根据我对母亲的了解，这些饼干她肯定一口都没碰。花钱买这么贵的零食，她要下多大的决心？而这种决心必然要归功于此刻正贴在我床头上方的那张学生会干部聘书。

那天我把它拿回来的时候，母亲虽然不至于表现得欣喜若狂，但也足够激动，很快就翻出一个老镜框，像那些老年人挂"光荣退休"证那样把它装起来挂好。她理所当然地以为，这是她儿子努力学习、工作勤劳、作风踏实、乐于助人、积极向上的一种成果，并且只要依旧照着这个方向不断努力，终有一天就会荣升部长乃至学生会主席这样的官级……

当然，用我们的英语教材上学不到的词汇来概括说，这一切都是"Bullshit"。

我的"仕途"，其实已经到头了。

那次因为抽烟被请到教导处，龙虾讲完办公桌上那个照片中女孩的悲惨故事，脸上原本蒙着的一层青灰色悄然褪去，血色回暖，然后言归正题，告诉我说学生会新的名单里，我已被定为组织部副部长，所以我在这个时候被抓到抽烟是很糟糕的，不过也不能算是无法挽回，到时候走个形式写个检查便可过关。

而他似乎也考虑到了这个晋升速度可能带来的不必

要的关注，讲："你也清楚我们学校的一些规则，你并非'原班人马'，现在的两个职务基本上就算到顶了，再上去，容易引起怀疑，树敌也会很多，对你不利。"

其实对副部长的履历我已经很满足了，但没容我表态，龙虾继续道："高三政治班的马超麟，他现在已经拿到了交通大学的加分考试的名额，再过几天就要去考了，希望蛮大的——好好干，如果不出意外，你也会像他一样，交大的加分考名额我不敢保证，但华师大或者财大是最起码的。"

他这句话说完，我就感觉自己像被子弹击中了一样。

名牌大学的加分考试是每个高三尖子生狂热追求的目标。加分考中表现优异的人，高考时只要以该校为第一志愿，就能获得五到十五分不等的加分，这往往就是进与不进，或者录取一流还是二流专业的关键筹码。

每年各个名牌大学给我们学校的加分考名额都不超过三个，复旦、交大这样的学校甚至只给一个，资源紧缺程度可想而知。但至于具体把名额给哪个高三学生，大学和中学都没有明确标准，完全由高三老师根据学生的成绩和平时表现来决定。

也就是说，老师想给谁就给谁。

龙虾不是高三老师，但站在他背后的那个人，是所有高三老师的老板。

我明白龙虾刚才许诺的已经是最终极的赏赐了，呼吸早已乱了节奏，半晌说不出话。他却一脸的轻松平静，仿佛我们方才谈的不是足够让两个高三学生为之决斗的加分考名额，而是落在教室窗台上的一片枯树叶。

现在看来，有着欺瞒和背叛行径的尾巴林博恪似乎也要变成龙虾眼中的一片枯树叶了。

所以，此时挂在我墙上的那张聘书，与其说是对前段时间尾巴工作的肯定，倒不如说是盛极而衰的"凭证"。

千辛万苦，东奔西跑，告发了无数人，牺牲了我和班磊的友谊才几乎到手的加分考名额，就在瞬间灰飞烟灭，只因为一个胸大无脑的班花的冒险表白，一枚搞不好连不锈钢材质都不是的愚蠢的情侣戒指，以及一个忠于职守的班干部的小报告——真是无与伦比的美妙组合拳。

3 ═══════

翌日周五，带着两个黝黑的眼圈去学校，就像赴刑场的犯人的镣铐。

昨天晚上始终没有睡好，而是用手电筒在被窝里头看那本《霍乱时期的爱情》。本来它应该被我偷偷放回图书馆，但那次正巧遇到了南蕙，后来就一直没有行动，于是一直藏到现在。

在这个惊心动魄的节骨眼儿上，我唯一能看得进去的书居然是这么一部大毒草似的小说，实在颇为讽刺。

他终于在混乱的人群中认出了她，眼里含着最后的痛苦的眼泪。他最后看了她一眼，在他们共同生活的半个世纪中，她从没有看到过他的目光如此明亮，如此悲伤，如此充满感激之情。他用尽最后的力气对她说："只有上帝才能知道我多么爱你。"

看到这句时，我终于把持不住，眼睛一闭就失去了知觉。这次短暂的昏迷只有两三个小时，都不知道是不是可以称为睡眠。

尽管我知道今天会很不好过，但作业毕竟还是要交的。这是我有生以来第一次问同桌借了作业一通大抄，让他讶异不已，并且下笔如有神，神经病的神，字体都是龙飞凤舞，像地段医院医生写的感冒药处方。干完抄袭的勾当我立刻到楼下高二（1）班去打探消息。

出乎意料，班磊到现在都还没来学校，一直到出早操时，也没在（1）班队伍里发现他的踪影。

看来他很聪明，昨天得到了我的线报，今天索性不来学校，暂时避过了风头。但我知道这一招是没有用的，跑得了和尚跑不了庙，历史上也有被发现早恋的学生正好染病不来，于是教导处派老师直接杀上门去，省掉了鲁莽的父亲对儿子一顿好打的路途成本。

如果昨天尾巴抓到的证据足够有"杀伤力",那么今天放学后,教导处的老师可能就会出发去班磊家了。

而要"抓"我的话,他们则随时可以动手。

但一直到午休时分,地理兴趣小组活动室都没有动静传来。倒是学生会临时组织了一个小座谈,就在行政楼的一间开放式会客厅。除了几个现任部长外,还有若干已经卸任的老部长。我赶到那里的时候,宣传部前任部长正在讲一个笑话:

一群伟大的科学家死后在天堂里玩藏猫猫,轮到爱因斯坦抓人。他数到一百睁开眼睛,看到所有人都藏起来了,只有牛顿还站在那里。爱因斯坦走过去说:"牛顿,我抓住你了。"牛顿却反驳说不,你没有抓到牛顿。爱因斯坦倍感诧异,问你不是牛顿是谁?牛顿说,你看我脚下是什么?爱因斯坦低头看到牛顿站在一块长、宽都是一米的正方形的地板砖上,不解。牛顿得意洋洋地道:"我脚下是一平方米的方块,我站在上面就是牛顿／平方米,所以你抓住的不是牛顿,你抓住的是帕斯卡。"

这个笑话并不好笑,宣传部前部长其实根本不擅长讲笑话。但其他人出于礼貌都哼哈了几句,我则丝毫不为所动。

"帕斯卡",班磊的代号,这个看似无心的笑话太不合时宜了。

更加糟糕的是，我听完笑话后四下确认今天来了哪些人时，赫然发现前任宣传部副部长马超麟也坐在会客厅的视觉死角。这的确符合他选择座位的风格，就像蛇类总喜欢盘踞在阴暗的小角落里。他捕捉到我的目光，用那种阴冷的眼神和我打了个说不清味道的招呼。我的骨头都变得冰冷，因为根据历史经验教训，但凡有这位尾巴元老出现的场合，我都不会遇到什么好事。

接下来二十分钟的小座谈会让我如坐针毡，因为总感觉背后有双毒蛇般的眼睛在盯着我。等到散会时，我迫不及待地起身离开，连近在咫尺的电梯也不坐，直奔楼梯口。可没等我往楼梯上踏出一步，马超麟的手就轻轻拍在了我肩膀上，嗓音轻快，却让我感到恶心："别急着走呵——龙老师正要找你呢。"

该来的，总是要来的。

我只是庆幸，马超麟一直扮演着负面的角色，最初和我抢功劳的是他，现在带我走向内部审判的还是他，有始有终。这样只有好，如果是南蕙把我带过去，心里肯定更加难过和别扭。

但出乎我意料的是，这次马超麟却很友好，因为一路上他都没怎么说话，只是在我进去之前才幽幽地讲："你知道么，龙老师一直都很喜欢你。"

扔下这么一句没头没脑的话，他就走开了。

而我更加忐忑。

4 ━━━━━━━━━━

周六，去财神家补课，一如既往。

我的身份和地位，安然无恙。

星期五的召见，最后证明是虚惊一场，尽管我当时走进那间房间时，龙虾正背着手站在窗户前，观察着下面操场上的动静，看不见他的表情。但是那张办公桌上却堆着很多造型奇异、包装精美的糖果，眼睛一扫足足有五六十颗。它们出现在这间光线阴郁、堆满机密和阴谋的朝北房间里，实在是显得有些突兀和怪诞。

正一头雾水，龙虾转过身来，嘴角露出笑容，把手朝那些糖一挥，讲："抓一把吧。"

我小心地拿起几颗糖果看了一下，全是不认识的法文字母，只认得出来这些是巧克力，而且一定价格不菲，便猜测道："哪位老师结婚了？"

他摇摇头："庞老师送过来的。"

原来这是一个学生家长从国外出差带回来的，今天专程来拜访教导处主任螳螂，感谢他及时查出了他们家小孩早恋，感恩戴德地送了足足三大盒比利时名牌巧克力。螳螂这老家伙虽然办事雷厉风行甚至难免凶神恶煞，但为人还算仗义，并没忘记里面很大一部分其实是尾巴的功劳，所以巧克力给了龙虾一大半。

我轻手轻脚地从这些战利品里拿了一小部分放进口袋，等着龙虾转移到真正的话题。然而他却对班磊的事情只字未提，只是让我再多拿一份巧克力给南蕙带过去，然后就让我回去了。我愣在那里足足有三四秒钟，也不知道是不是嫌自己胆子不够肥，居然反问："没事了？"

龙虾正慢慢剥开一颗，眼神似乎比我还要纳闷："你觉得会有什么事找你？"

我下意识地摇头，又抓起一把糖果转身朝门口走去。身后的龙虾却看似没头没脑地叮嘱了一句："有什么想法及时和我汇报，千万不要擅作主张。"

我没有搭腔，只是轻轻带上门，然后在门口又呆站了几秒钟，才发现手里的巧克力有两颗已经被我捏得变了形。

那天我相信学校里有不少人都吃到了这种名贵的巧克力，包括剪刀小组，还有那些隐藏在各个班级的其他尾巴，以及所有反早恋战线上的工作者。但我没有享用这代表胜利的美味糖果，而是悉数带回家给了母亲，跟她说是同学生日发的，我已经吃过了不少，剩下这点给她尝尝。

其实我也馋，但我实在不敢碰它们，怕吃进嘴里时，那种味道只苦不甜。

从财神家出来时已经十一点半。母亲今天加班，家里剩菜也吃完了，所以她预先给了我五块钱让我在外头吃碗面。结果我刚一踏进饭馆门口，立刻就像只被惊吓到的蟑螂一般快步退了出去。

几个月的尾巴生涯，已经锻炼出了我认人奇准的本领，所以绝对不会认错那个被我跟踪了多次的背影：餐馆东角的那张四人桌上，班磊的脊背和后脑勺正对着门口，而坐在他对面那个正在倒啤酒的男生我却并不认识。

冤家路窄。

然而仅仅两分钟后，我却又走了进来，用最短的时间挑选了一个角落的双人小桌，和他们那桌正好被一堵装饰矮墙隔开，十分隐蔽。

班磊显然是喝多了，说话嗓门有些大，因此我能比较清楚地听到他们那边的谈话。昨天放学的时候我还专门到校外的杂货店打电话到他家，确认他果然生病了，病情不重，休息一天即可。现在看来，他痊愈得也真够迅猛的。前面扫过一眼餐桌，两人已经喝了不下六瓶，并且还在问老板继续要东海啤酒，并不时有香烟烟雾飘过来。

我在二手烟和啤酒酒气的干扰下将自己那三两葱油拌面吃得无比"细水长流"，其间有过一个惊心动魄的小插曲：班磊不小心将一只调羹掉在了地上，滑到了我脚边。只要他探出上半身绕过小矮墙看一眼，我就会像丢了壳的牡蛎一样暴露无遗。幸好他的同伴阻止了他，让老板拿了只新的。

最后我终于从两个酒鬼的对话里搞明白了一个振奋

人心的事实——

班磊失恋了。

不用说，想必你也应该猜到了，是水手服提出的分手，因为她"有了别的男人"。而且幸运的是，她提分手提得很是时候，也就是上周日。之后经历了几天的"纠缠"，班磊终于意识到大势已去，彻底放弃挽回感情的希望。那枚曾经惹来祸水的情侣戒指，也被班磊一气之下扔进了下水道。等龙虾在本周四派遣新的尾巴去跟踪班磊，自然一无所获。

反倒是我，被班磊电话里的那番谎话搞得一惊一乍，魂不守舍了两天。至于他为什么跟我说那天下午他和女友见过面了，唯一的解释就是：林博恪是个讨厌的蛆虫，没必要和他说实话。

但不管怎样，现在天下太平。

我推断出来龙去脉之后，高兴得连剩下的面条都没吃完，赶紧付账走人。一路上骑车轻快，不时放开双手作得意忘形的展翅翱翔状，然后跑到陈琛家里下五子棋。一边在方格本上画着黑点，想到自己的狗屎运出奇得好，竟然会扑哧一下笑出来，搞得陈琛莫名其妙。

为了隐瞒，我把那个爱因斯坦抓帕斯卡的笑话告诉他。陈琛问这有什么好笑的。我的回答却让他莫名得更加深重："因为他其实没有抓到帕斯卡，没有抓到。"

5

　　水手服同学虽然在正确的时间对正确的人作出了正确的抉择，使得班磊和我都免受劫难，但我不会把勋章偷偷扔在她家邮箱里，更不能轻易放过她和她的新男友。

　　我将尽我所能地为这对情侣做一次义务的尾巴。

　　经过星期天在水手服家门口一个上午的蹲点，我终于候到了她走出小区，过了三条马路走进一家肯德基。我以为这是幽会的地点，就跟了进去，却发现她只是借用里面的卫生间，并且十分钟后出来时已经美少女变身完毕：换了上装和过膝的裙子，简易地改了发型，唇膏、眼线、粉底全部上阵。总之和刚才判若两人，宛如水仙一下变成野玫瑰。

　　变形金刚般神奇的水手服又上了辆 18 路公交，我也大摇大摆地跟了上去，陪她坐到人民广场新世界百货下来，亲眼看着她在百货大楼门口和一个男人动作暧昧地接上了头。

　　然后我就傻眼了。

　　水手服的新任男友并不是我上次偶然邂逅的那个，而是又换了新人。这厮气宇轩昂英俊不凡，但用电动刮胡刀或者名贵手表的广告词来形容，就是"处处体现着成熟男人的味道"，至少相对我们这样的中学生来说分外"成熟"，也不像大学生。保守估计，至少应该二十五六岁。再看他时髦的衣着打扮、搂腰的熟练姿势以及眉宇间透露出来的轻佻，说他是有正经工作的人我也不大相信。但要说"游手好闲"、"小开"、"花花公子"这些气质，那眼前的小子实在是太符合了。

想来水手服也真有本事，背着班磊勾搭了这么一位活色生香的社会人士。

事到如今，同时向家里和学校举报这对情侣是行不通了。光举报水手服一个人又不过瘾，最好能抓到（从性格来看这很有可能）她同时和别的男生约会的证据，这样才能从敌方内部引起矛盾。

可话又说回来，我真怀疑眼前这个公子哥是不是会在意水手服忠贞呢？他自己想必也是光撒网多捞鱼的职业渔翁，不似班磊那样独钓寒江雪。

正想着，水手服已经勾着小开的胳膊往南京西路方向走了，大概是要去看电影。于是我不管三七二十一就先跟了他们一个下午。水手服和这位仁兄出来一次收获颇丰，吃喝玩乐不算，还从百货公司提着三两个品牌购物袋出来。不过她大概跟家里讲好了外出归来的时间，一到四点就准时跟男人分了手，褪去短裙和化妆品，藏好购物的战利品，最后再像个乖乖女那样回家吃晚饭。

我目送着又变回灰姑娘的水手服走进自家的大楼，犹疑了半晌决定暂时不打草惊蛇，于是放弃将举报信塞进她家信箱的念头，转身离开。

然而就在通往小区出口的路上，一个女孩忽然从一片树荫里走了出来，拦住了我的去路："你在跟踪他们两个？"

我瞳孔张大，瞪着她看了许久，只是觉得很眼熟，但想不起来在哪里见过：

她肯定不是我们学校的，因为我们学校但凡这么漂亮的女孩都上了尾巴的黑名单，而黑名单上的人我基本都记下来了。

我毫不犹豫地矢口否认："说什么呢？！认错人了吧你？神经病。"

说完我就绕过她继续往小区门口撤离，她倒也没拦我，却一句话就点出了我的来历："我记得你好像姓林，也是 B 高中的，对吧？"

我怔住，慢慢扭过头去看她：短发，瓜子脸，五官小巧而充满清韵，如一块令人怜惜的青花瓷碎片。

若干年后我在电视上看到台湾女演员桂纶镁，不由惊叹和当年的她何其相似。然而眼前这个女孩看上去似乎很久都没有好好睡觉了，虽然眼圈周围打了粉，还是掩饰不住那两片青黑，加上本就清瘦的脸颊、发白的嘴唇以及珍珠色的连衣裙，整个人如一幅淡色铅笔勾画出来的素描图案。

忽然，我在心里狠狠地骂了句该死。

现在想起来曾在哪儿见过她了。

财神家。

Season ③

放学，回家

第十一章　你到底是谁

1 ═══════════

半路杀出来的女孩叫夏朵，在邻区某中学念高二。

财神家虽然地方大，但还是敌不过补课学生人数众多，所以同一个班次的人也分在客厅和餐厅的两张大桌子边。夏朵正好和我不在一个区域，可抬头不见低头见，所以多多少少还是眼熟的。显然夏朵的记忆力比我要好一些，在她跟踪水手服时发现了同样一路尾随的我，然后很快就认了出来。

也难怪，尾巴在跟踪别人时都只关心眼前的目标会不会发现自己，而很少会想到自己背后是否有别人。

一开始我还以为夏朵跟踪水手服是因为那个小开的关系。一个被花花公子抛弃的小怨妇，心有不甘想要弄明白到底是哪个狐狸精勾走了自己的男人。我唯一感到奇怪的是她居然没有学习港台电视剧里的那些泼妇作风，比如当着小开的面冲上去给水手服两个耳光或者半瓶浓硫酸，而是埋伏在半道上截住了我。现如今我落在了这么个业余人士的手里，实在哭笑不得，而且无法再隐瞒自己跟踪水手服的行为。

此刻夏朵直勾勾地盯着我："你为什么跟踪他们？"

她的双眼很有神，像极了我当初苦于对王丰和巫梦易无法下手的那种逼出来的犀利和偏执，所以一般的借口是骗不了她的。我指指水手服家的方向，遭受着巨大的良心谴责，讲："我暗恋她。"

女孩的眉宇间忽然多了一种柔和，可能是找到志同道合者的欣慰吧，接下来取而代之的则是由爱生恨的那种敌意，充满了她娇小的躯体和灵魂："你怎么会喜欢上那样的女人？"

这话我不爱听，想这丫头是不是恋爱把脑子烧糊涂了，何况既然装就要装得像一点，便毫不客气地反击道："你那个小开也不怎么样，还不是让他甩了，怎么好意思说我？"

她脸色越发苍白，有些气急败坏："谁跟你说我和他有关系？"

"那你干吗跟着他们？"

夏朵说："这个女人欺骗了我喜欢的人，而且还和你是同一所学校的。"

我听完愣在那里，顿时觉得口干舌燥，连在心里骂娘的力气都像被瞬间抽空了。

后来才知道，班磊高一那年还没转到我们学校时，有次他参加一个同学的生日派对，就认识了同学的老同学——夏朵。也不知道班磊做了点什么英雄主义或者浪漫主义的举动，或者纯粹只是他的外表吸引住了这个小女生，夏朵从那之后就陷入了对他的不可自拔的迷恋泥潭。不过那个时候班磊已经有了水手服这么一个活宝，而且还处在刚到手的热恋期，纵使夏朵再如何清新脱俗，在他眼里也"轻如鸿毛"。

夏鸿毛自知无法和穿着水手服的泰山相抗衡，所以很聪明地暗藏住了自己的感情，学习几千年前的越王勾践卧薪尝胆；终于在一年不到之后等来了班磊和水手服分手决裂的大好消息。不过接下来她的决策就有点超出常人逻辑了：首先去报复那个背信弃义的女子，然后再回过头去找班磊。而她报复的手段居然和尾巴组织如出一辙，只是此次跟踪成效巨大，她不但发现了水手服，还有林博恪这么一个意外的收获。

可喜可贺。

夏朵说："这么说来，你也想向她家长举报？"

我连忙否认："你也看到了，她喜欢和那样的男人在一起，所以已经不值得我再去做任何事情——今天只是想来看她最后几眼，就算永别了。"

这台词很恶心，我承认。举报水手服是我的一大梦想，这我也承认。但假如夏朵以后真的和班磊搅在了一块，很难保证不会说起与我的邂逅。班磊不傻，他要是猜出了那个跟踪和揭发水手服的 B 中男生就是我，后果将不堪设想。所以我现在必须装出高尚宽容的样子，然后立刻溜之大吉——我已经用了一个白天的时间在跟踪水手服上，现在要做的是立刻回家复习作业预习新课，而不是陷入复杂的三角关系的泥潭。

孰料对方毫不在乎谁来做恶人："OK，告发的事情我来好了，我想请你帮我另外一个忙，你们年级（1）班有个姓班的男生，你能不能帮我多留意他一下在学校里的活动？"

我的耳朵差点掉下来。

"怎样？"夏朵盯着我的眼睛追问，"如果你觉得可以，我会付钱。"为了证明有这个财力，她拿出内涵丰富的钱包朝我翻开。我的脸色也像那些旧版的百元大钞一样呈现出一派青绿，问："你干吗要监视他？"

"不是监视，只是留意。"她辩解道，"你也暗恋过一个人，应该能体会……体会我的处境吧？我只想知道他的一举一动。"

越来越离谱了。我摇摇头，眼睛却不自觉地又扫了一眼那些钞票："办不到。"

"一天十块，如何？"她问。见我脸色慢慢泛红，她以为给少了："那二十？要么……三十？"

"够了！"我抬起手阻止了她。

为了让表演更加逼真，我不惜自抽耳光，语速缓慢地评论道："这实在太恶心了！"

2 ═══════════

更加恶心的事还在后面。

拒绝了夏朵那个非分要求之后，因为快要期中考试的缘故，尾巴小组的活动也暂时进入休眠期。我暗中留意过班磊的举动，甚至悄然跟踪他回家过两次，那个想法大胆的女孩根本没有出现在我的视野里。

生活可谓风平浪静。

然而就在这个时候学校却出了偷窥狂的事情。

当时的情况很蹊跷，我校一名女生在晚自习时上完厕所出来，隐约瞥到窗台上有半张脸和一只手一闪而过。本来这有可能被划入恐怖片的范畴，无奈那只手有着校服的袖子。学校建校以来尚未有学生在校园内自杀或者意外身亡，所以排除了鬼神迷信的因素，便剩下"事在人为"。

换作一般的胆小女生，可能早就吓个半死然后立刻跟自己的好友说，然后一传十十传百，成为我校众人皆晓的秘密。但那个女生沉得住气且勇气可嘉，等了若干分钟之后又回到女厕所从窗外观察，没发现鬼魂或者色狼的影子，倒是观察到了三楼西侧某个凸角平台上有个隐秘角落，躲在那里可以轻易地侧身偷窥二楼女厕所。

　　搞明白了这个，她便独自进了教导主任螳螂的办公室。

　　两天后那个偷窥狂被当场抓住。当时已经是放学后两小时，暮色渐浓，他刚跳到平台上就被守候的老师围住。经过秘密审问，原来这个高一年级的小色狼平时色情书刊看多了，就想从平面转向立体实物。因为身手敏捷，时常跳到那个平台上观摩迷人的"风光"，而且从未被女生察觉——直到他遇到了那个偷窥终结者。

　　也许你已经猜到了，那个导致他落网的女生，就是高二（3）班班长南蕙。

　　因为偷窥狂的被抓是秘密的，学校不想惊动学生和家长，所以低调处理，没有报警，只是秘密地给予了处分。偷窥狂当然更不会主动去说自己的丰功伟绩，于是一切都做得水面无痕。但内部细节还是多多少少漏出来一点，毕竟南蕙在这件事情当中功不可没，那小子的供词她都是亲眼见过的，所以那次班长开会之后，我便怂恿她说点花边消息。被色狼偷看上厕所可不是什么美好的回忆，南蕙对我的好奇大感懊恼。

　　但她越懊恼，我却越坚持。

　　"真想知道?"她似乎被我纠缠烦了，终于转过头斜眼看着我，眼镜镜片泛着捉摸不定的冷光。

　　"真想知道。"

南蕙把眼镜往上推了推："还记得你以前的目标'汞'么？"

代号"汞"的巫梦易二度中彩，这次她也是遭到偷窥的受害者之一，而且被看得比较"透彻"，不是蹲位，而是体育课之前的换衣服。小色狼本以为可以大饱眼福，因为当时巫梦易势如破竹，一路脱到了只剩内衣。但接下来他看到的场面却急转直下：巫梦易的背部原来有很多一条一条的乌青伤痕，分布不规则，却像雨后集体出动的鼻涕虫一般布满了肌肤，紫色和青色的痕迹在白色文胸带子的映衬下更加显得触目惊心。

见我一时没有领悟到问题的关键，南蕙继续讲："她爸爸是个海员，长年在远洋轮上，去年夏天走的，据说最近才刚回来，而且脾气不大好，估计是才知道了女儿早恋的事情，一时冲动又打了她一顿。"

我沉默了半晌："你就这么确定是因为早恋的缘故？"

南蕙说："龙老师给我们的那些外国巧克力，你以为是谁带回来的？"

恍然之中，我像是又看到了龙虾桌子上那堆漂亮的糖果，原来它们和我的渊源是这么深，深到让我此刻脊背发寒。

南蕙见我被说懵了，显然达到了防守反击的目的，临走时还不忘刻毒地给我最后一下子："怎么样？现在还羡慕别人有老爸么？"

3 ══════════════

周六，财神家，又见夏朵。

她主动朝我打招呼，我没搭理，好像根本没有发生那天的事情，让她碰了个不大不小的冷钉子。其实是因为财神家补课的学生虽然来自各个高中，但其中还是有一部分是我们学校的，万一他们之中也有龙虾的人，那我就不能和夏朵正大光明地交流联络。直到补课结束之后，人走得差不多了，我才在楼道上赶上她，朝对方脚边扔了个小纸团然后加速向楼下走去。字条上面写着让她出了这个小区往右走，在一家书店门口碰头。

我要和她谈谈监视班磊的价钱。

我需要钱，非常需要。

那天我从南蕙那里知道了巫梦易的家庭暴力遭遇，失魂落魄了好久，才终于有点恢复过来。偏不巧，翌日中午在食堂吃饭，就看到了巫梦易正好排在我隔壁那个队伍，而且位置比我靠前。她当时穿着校服，侧面背对着我。但在我眼里，那层衣料像是变得透明了，视线当中只有白皙的肌肤，以及上面触目惊心的青紫色淤痕。她是一个人来打饭的，孤零零排着队，有人通过关系插队到她前面她也毫无反应，也不东张西望，不知道在看些什么。排在我后面的人估计也有一样的疑惑，轻轻推了我一下道："看什么呢？走啊。"我这才醒悟过来前面的人已经前进了一大截，赶忙追上去，正好差不多和隔壁的巫梦易站在一个水平线上。

但我不敢扭头去看她的脸。

当天下午，放学早，我没急着回家复习，而是去找陈琛下棋散心。连下五盘，皆负。陈琛感叹了几句，因为我平时的水平没那么臭，至少能和他五五开。况且这次有好几回都是我犯了低级错误，明显心不在焉，像有心事。但他却不主动问我什么，只是说一些无关紧要的事情。这也是他性格中的一个特点，是他做了多年班长后培养出来的技巧。总算，到了临分别时他终究忍不住，问："学校里一切还好吧？"我帮他把小方格本慢慢收好，讲："还是那样呗。"他还想再问什么，但我已经匆匆离开。

陈琛绝对想不到，我本来是想跟他借钱来的。

既然当初在早恋的问题上我不能袒护巫梦易，那么在事后总有些东西是我可以去弥补的。我想了又想，发现只有买音乐CD给她最合适：自从被发现早恋后，她的零花钱可能和王丰一样缩水甚至被取消。这种时候送别的礼物有可能会被她父母发现，但送光碟却万无一失——她现在依旧每天回家听着随身听，所以就算多出一张碟来，也很难被发现。

为了表示诚意，CD自然要买正版的，但价格不菲，不是我随便节省一下就能在短时间里攒起来的。陈琛是我想到的第一个借钱候选人，也是唯一一个。但我发现我们家这么多年来的举债生活已经给自己造成了巨大的心理阴影，那就是不敢随便借钱，哪怕是一小笔钱。我在陈琛面前下五盘棋，每一次落子，事先想好的那几句借钱开场白都从嗓子眼滑回肚子，最终被胃液消化得无影无踪，无一生还。

于是便想到了那个愿意出钱雇我监视班磊的古怪女孩。

所以现在我决定做这件"恶心"的事情，并不是为了自己。

夏朵对我的一百八十度大转弯喜出望外，如果不是因为当时有路人，我觉得她朝我扑上来也不是没可能。

不过接下来她就有些得寸进尺了："除了监视，你放学之后……"

我几乎要当场喷出一口浓血送给她："跟踪的事情我不做，学校功课多，况且万一我和他回家不顺路呢？"

而我真实的想法是："当初为了不让龙虾派人跟踪班磊，老子可谓瞒天过海费了九牛二虎之力；现在为了点小钱再去做他的尾巴，我实在怕被天打五雷轰。"

夏朵对此大失所望，脸拉得老长，这种表情实在不合适她那种清秀乖巧的五官。但小丫头知道自己不能来硬的，和我闹翻了，可就连监视心上人的人都没了。于是只能无比幽怨地盯着我看。其实就算她把我看穿了也没用，绝对没门。我忽然想到一件事情，说："你有没有看过一本书，叫《霍乱时期的爱情》？"

"没有。"她很莫名地眨眨眼睛，"怎么了？"

"你该去看看的。"我说，"你真该去看看的。"

出学校大门往左两百米，经过国营烟草商店门口后拐进一条弄堂，有一个当时比较少见的插卡电话亭。每天中午的十二点二十分我会准时抵达这里，与此同时十几公里外某所高中附近杂货店里的公用电话机就会响起，守在一旁的夏朵便立刻抓起电话听筒。

对班磊的监视汇报一天两次，中午报告他上午的情况，傍晚则打到夏朵家传递班磊下午的动向。夏朵从来没有错过过汇报电话，等待我刺探的情报似乎成为她每天最重要的生活内容之一。

正是因为这种狂热心态的存在，为我带来了金钱上的收益，而关于班磊的情报源源不断地流向女孩那里：他今天收到了几封信、这次物理考试班磊考得不大好、前几天打篮球他扭伤了脚、班磊昨天剃了头发……诸如此类等等。

其实我的教室和班磊不在一个楼层，加上最近都在准备期中考，连尾巴小组的任务都暂停了，哪里会去管这么多他的破事儿。每天我汇报的情报有不少是杜撰的，以满足夏朵的窥探欲。况且情报内容经过细心编造，真假难辨，她也不可能找班磊一一核实。

监视行动持续了一个星期，夏朵让我的个人资产骤然暴涨到一百元。但她要我跟踪班磊回家的贼心不死，还说价钱好商量。

我当时正沉浸在第一次拿到这么多钱的兴奋和愉悦里，听到她这话就像在一碗鱼翅汤里吃到一根头发丝。毕竟最后事关高三的加分资格考试名额，放学回家的时间必须无条件地交给尾巴小组，而夏朵的任务说到底只是个捞钱的外快，两者绝不能同日而语。我立马拒绝了她，说平时在学校我就经常在他边上晃悠了，放学后还跟着就太明显了，再说他家和我家完全是两个方向。

但夏朵已经完全陷入了某种狂热，用一个词来说，就是偏执。她没有回答，像是完全预料到了我的答案，但既没有继续纠缠也没有说算了，就站在那里幽怨地看着我，脸色惨白，眼眶湿润，可怜又可气。

真是傻女人，怪不得会恋爱，怪不得没有勇气去表白。

我清楚，现在除了我没人能帮她这个龌龊的小忙。她们学校到我们学校足足几十公里，除非放学后立刻坐火箭过来，否则她自己决然逮不到班磊。但像她现在这样酝酿眼泪是没有用的。我不是一个普通的会滥发同情心的高中小男生，我是一名尾巴，最懂得隐藏和欺瞒。

我的同情心和慈悲心肠早就被深藏起来了。

4

用监视班磊所得到的酬劳，我给巫梦易买了三张当时最新出来的流行音乐专辑。和它们的崭新程度一样，价钱也火辣无比，三张 CD 一买，那一百块钱基本上就用完了。

但跟赠送方式的难题比起来，这些问题就显得微不足道了。

虽然已经不是尾巴小组的目标，但要把这份礼物送到她手上还真难。我不能亲自出面去送，也没有值得信任的人可以委托；神不知鬼不觉潜入她们教室的风险太大，搞不好会被当作小偷；把 CD 直接扔在她家信箱里？那更是火上浇油雪上加霜的行为。

直到我想起了剪刀小组。

剪刀小组的工作流程是将前一天检查过的私人信件在一大清早就放入各班的班级信箱，也就是早上八点半左右。而邮局在上午十点左右送来的新鲜信件则会被门卫室的人提前扣下来——这两拨信件是不会混在一起的。

可是从理论上说，班级信箱里有一种信件是可以幸免于难的。

买好 CD 的翌日上午第二节课后，我像往常一样来到门卫室的班级信箱取邮件和学校统一规定订阅的《中学生报》。当班的门卫老头在收听无线电里的足球新闻，注意力不在我这里。我飞快地将插在腰间的信封取了出来，和我手上的信件混在一起，然后自顾自嘀咕了一句"怎么把这封信放到我们班来了"，就将它塞进了巫梦易的班级信箱。那里面当然就是去了封壳的三张光碟，细心地用白纸作了隔层，防止划坏表面。信封上注明它是一家音像店寄给巫梦易的会员奖品，但假如仔细观察，会发现邮票边上根本没有邮戳。

大功告成。

接下来，就该去告发夏朵了。

归根结底，这个丫头不过是我的临时财源，我们是交易关系，谈不上任何情谊。现如今我对于金钱的目的达到了，自然可以卸磨杀驴过河拆桥。买了音乐 CD 的当晚，我就已经准备好了一封匿名控诉信，告发她暗恋某个男生，甚至花钱雇人在学校监视对方的恶行。夏朵的父母看到这封信自然是不会放过自己女儿的（万一我被她供出来了，顶多算个胁从，不会治我的罪），这样的话我就能顺其自然地甩脱她这个包袱，还间接地保护了班磊不再受恋情的困扰。

别怪我阴险，从长远上来说，我这也是为她好：与其默默无闻地坚守希望渺茫的暗恋，不如快刀斩情丝，安心念书。

我的计划很简单，本周六我和夏朵在补课后结清这个星期的监视酬劳，然后一路跟踪她回家，将举报信塞进她家的信箱。信的笔迹我特意作了处理，夏朵当然会怀疑是谁干的，我会一脸诧异地说不知道，然后把嫌疑推给同样被她举报过的水手服。

因果报应和女人间的斗争，都是万年不变的经典戏码。

但我算准了一切，却唯独没料到一点。

就是夏朵的父亲。

那天夏朵和我分开后招手拦了一辆出租车，我偷偷骑车在后面穷追不舍（有多痛苦我就不说了，不过还好路程很短，而且那时这座城市的路况已经开始显得拥挤了），终于跟着来到一个比较高档的住宅小区。

大楼的铁门使用了当时比较少见的对话监控系统。她拨通了其中一户的对讲机，让家里人给她开门。我和她相隔的距离较远，看不清她到底摁的是哪一户人家，只能看到个大致范围，索性把那个楼层的人都骚扰了一遍，直到有户人家恶狠狠地回了句："她住对门706！"

托这个人的福，我转身走向那排蓝色的信箱，找到706号。刚要打开书包去取那封忘恩负义的举报信，却听到铁门后面的楼梯上传来一阵脚步声。我连忙收起东西，装作在研究那个对话系统。从楼里面出来的是个中年男子，神色严肃地拿着一部当时极为珍贵的移动电话在和人交谈，显然是有要紧的急事，钻进了外面停着的一辆黑色大众轿车之后很快开走。因为匆忙，他开门时虽然望了我一眼，却并没有盘问我什么，更没有发现我在看到他五官的一刹那，脸色变得极为古怪。

我目送着汽车离开，又看看那排蓝色的信箱，忽然心脏像被电击了一下，然后鬼使神差地走到铁门前，终于抑制不住内心的欲望，拨通706室的对讲机，过了一小会儿就有人回应了。

此时我不用存心将嗓音压低，声带已经因为激动和诧异而让音调走样了："请问……请问，夏明超先生在家么？"

对讲机里背景音沙沙地响着，夏朵那极不耐烦的声音却清晰无比地传了出来："我爸刚出去，你打他大哥大吧。"

5 ═══════════

在五六年前，夏明超一直是以"夏叔叔"的形象存在于我的记忆里。他是我父亲的高中老同学，关系相当好。我们家现在仅有的家用电器——那台用来听英文听力磁带的录音机，就是当初他出国办事的时候带给我父亲的。每次他来我家，都会给我带一些礼物，比如零食、图书或者玩具。

那时我们家的柜子上曾放过他和我父亲的合影。父亲不爱照相，这是他生前为数不多的几张照片之一，但后来我就再也没找到那张照片。

我最后一次见到夏叔叔，是在父亲的追悼会上。当时母亲哭得呼天抢地，我却没怎么大声哭出来，只是安静地流眼泪，呆望着遗体，像是灵魂出窍般地经历了整个过程。当时与会的还有很多很多神情肃穆的人，有的见过有的没见过。我在他们的脸上看到哀恸，更看到了某种莫名的忧虑——后来他们中有不少人成为来我们家讨债的常客。

正在我为那种忧虑所莫名的时候，有只手拍了一下我的脑袋。我扭过头，看到一身黑衣的夏叔叔，他的手没有离开我的头顶，很温暖地抚摸着我的头发，不住地叹气。我看到他脸上的神色是单纯的惋惜，只是不知道是为活人还是死者。他忽然转过半个身子，然后我就看到躲在他背后的半张小脸蛋。

是个和我一样年岁的小女孩。

那时候的夏朵就已经打扮得很乖巧精致了，但她显然是第一次来到这样的地方，脸色雪白，两只眼睛惶恐地看着眼前臂缠黑纱的小男孩，以及他周遭阴冷沉重的氛围。而我这才意识到她就是父亲还活着时，两家人指腹为婚的娃娃亲对象。但这只是玩笑，夏叔叔的女儿跟着她妈长年在别的城市念书，从未到我家来过。

第一次见面，竟然就是这个地方。

同时也是"最后"一次见面。

后来我才知道，父亲当时借了夏叔叔一笔数额不少的钱来做生意，可惜失败了。父亲死后他却没有像其他债主那样上门来要，这固然可贵，但问题是从那之后他再也没有来过我们家。那时我还一度以为他也发生了什么意外，便问母亲。母亲只是长时间不说话，最后讲："这世间人情总是说不清楚的，暖会变成冷，而冷有时候其实就是暖，你还太小，领悟不了。"后来我终于明白，母亲的意思是说，人总是复杂的，夏叔叔当初帮过我们不少忙，现在我们有难了，他不落井下石，光念着当初对我们家的好，便也应该知足。

而当初的娃娃亲，更是从小玩笑变成了天大的玩笑。

那一年，我和夏朵都只有十二岁，像两只尚未孵化的蛋。五年之后，当我们在水手服家附近再度遇到，我觉得她面熟，只想到了财神家的补习班，却丝毫无法将她和夏家的那个小女孩联系在一起。

造化弄人。

我还记得当时在追悼会上，小夏朵和我什么也没说，只是呆呆地互相看着。夏叔叔让她管我叫哥哥，小姑娘却像吓傻了一样。她爸爸见她这么没礼貌，有些恼火，硬是勒令她喊我，还把她往我跟前推。夏朵终于吓得哭了出来，只是声音不大，眼泪比较丰富，但在追悼会现场这样的地方，她这么一哭，倒也合了现场的气氛，夏叔叔不知道该怎么办好，只能转而哄她。而我反倒不流眼泪了，之后一整天眼眶都是干涸的。

追悼会之后吃豆腐羹饭，却没再看到夏朵的影子，想来是她爸已经差人把她送回了家。席间我去上厕所，看到夏叔叔在门口独自抽烟，脸上的表情凝重如海边的岩石，那是我从未看到过的严肃神情。见我过来了，他照例拍拍我的头，捋捋我的头发，什么也不说。等我从洗手间出来，他已经不在了，餐桌边也找不到影子。

那之后，他就从我们的生活里消失了。

6

回家的路很漫长。

那封揭发夏朵的信终究没有塞进信箱，因为假如我举报了，可能从此以后就没多少机会能见到她了。

对我来说，她不只是一个曾在我父亲的葬礼上哭泣的小女孩那么简单。

半路上经过一家小杂货店，瞥到有公用电话。我犹豫了一小会儿，下车过去用五角钱拨了个号码，然后跟夏朵说，我们学校快要期中考试了，班磊的事情要暂时放一放。她没有怀疑什么，说："行啊，反正他这段时间应该也在忙复习吧——对了，你也要加油哦。"

我用她看不见的微笑（或者说苦笑）作为回答挂了电话。

这一步只是拖延时间，我要好好想想以后的打算。

以目前错综复杂的局势，大概真是写个小说都足够了：少男林博恪十二岁时在父亲葬礼上第一次遇到订了娃娃亲的少女夏某，感觉诡异；因为父亲去世成绩下滑最后落进了三流初中，遇到了共苦但没有同甘的兄弟班某；到了高中和兄弟反目，然后某天夏某猛然出现，一直暗恋班某不说，搞不好还会害得兄弟俩陷入麻烦……从小学一直布局到高中，上天对我的磨难的设置可谓步步为营。后来我在网上无意中看到了一句英文俗语，觉得对我当时的处境真是无比贴切的形容："Fuck my life."

除此之外，还有个问题一直困扰着我，那就是我回去之后到底要不要对我妈汇报今天的惊天大发现。

虽然父亲死后我们生活困难，但母亲还是在一点一点地偿还着那些债务。夏叔叔作为偿还对象之一，却在父亲去世后不久又出了国，并且杳无音信，连家也搬掉了，以至于有段时间我实在搞不明白究竟谁欠了谁的钱。母亲现在要是知道了夏叔叔在哪里，按照她的性格一定会想办法还钱（虽然过程会有些漫长），那么夏朵也就会知道我的真实身份，然后我会更加无法从目前的泥泞局势里安然脱身了。

也许，还是按兵不动最合适吧。

我摁了摁有些发胀的太阳穴，走进自家大楼。母亲一脸不安地给我开了门，还没容我一只脚踏进门槛就说："刚才你们老师打电话找你来着。"

"老师？哪个老师？"我的第一反应是龙虾打的，可能又有紧急任务了，"是不是姓龙？"

她摇摇头："是你们班主任，说你们班上有个同学……生病死了。"

"死了？谁？！"

"姓陈的，好像是你们以前的班长。"

原高二（7）班班长陈琛因心脏病突发逝世，时间是昨天，也就是星期五晚上，享年十七岁零三个月。

陈琛家本来就有家族心脏病史，家中曾有几个先辈也是因为这个病离世的，他当初休学疗养就是为了怕发生紧急情况，没想到死神还是找上了他，而且如此突然。而我和他最后一回见面，竟然就是未能好意思向他开口借钱那次。本来以为只是暂时灰溜溜地告别，结果却成了阴阳相隔。

出乎我意料的是，陈琛的死并没有在学校里引起什么风吹草动。此前他已经在家休养了好几个月，很多人开始淡忘他，加上生前他也不过只是人缘好，并没有做过惊天动地的事情，故而不要说纪念仪式，连在他昔日的课桌上摆一盆白花都做不到——他那个座位很靠前，是热爱学习的学生求之不得的，班主任很快就把它分配给了近视严重的化学课代表。

因为陈琛的死，我从看似"绵绵无绝期"的代班长变成了正式班长，名分上算是到位了。转正后我做的第一件事情就是建议班主任搞个小小的悼念活动，比如集体参加追悼会，或者就在教室里搞个烛光祝福，但得到的回复是：学校马上就要期中考试了，各班的排名压力都很大，等过了这段时间再说。

我很难相信，这就是当初十分倚重陈琛来协调班级大小工作的那个班主任所说的话。而陈琛曾经为班级的付出，以及之前的人际关系、好口碑，现在都烟消云散了。怪不得龙虾一直教导我们要注意安全和保密——

保住自己，才能好好享受你所争取来的一切。

像陈琛这样活得与世无争，到头来死得默默无闻，绝对是人间悲剧。

另一个悲剧则是，我在这所学校失去了最后一个朋友。

第十二章　离别哀歌

"第一次和男孩子出去约会的时候，我记得，差点把衣服的扣子都扣错了，还好出门之前我妈提醒了我，她一点也不知道我是要和男孩子出去，要是被她晓得了，一定会打断我的腿，呵呵……"

夏朵把一根手指轻搭在酒杯沿上，抹去上面凝结的水珠，继续说："后来我和很多男孩子出去，都不会那么紧张，而是胸有成竹，看着镜子里面的自己，有时候还会傻笑，不，不是傻笑，就是那种，自信的笑吧，呵呵，可是和他们约会也越来越没意思，那时候觉得所谓恋爱，大概也就这点花样了……"

女孩拿起杯子，顿了顿，讲："直到后来，遇见班磊。"

言罢，饮尽杯中酒。脸部仰起的时候，看不清那眼角是笑还是哭。

而坐在她对面的我则没有动杯子。

一个早恋的人和一个抓早恋的人坐到一起喝酒，委实有些荒诞。其实因为陈琛去世之后的这一个礼拜，我整个在学校就是过着缺氧失重般的日子。原本学校里就班磊和他这两个朋友，前者现在和我形同陌路，后者阴阳相隔，真是身处喧嚣凡世，内心宛如无人荒岛，连一个可以放心说话的人都没有。

于是这个星期六，当财神家的补课一结束，我就在楼下截住了夏朵："有空么？我想……想请你一起喝酒。"

换作别的女孩，一定把我当做神经病。但夏朵不会，因为我是她的耳目，因为她自己也一直陷入暗恋的苦闷，更因为——她是夏明超的女儿。她只是摇摇头，讲："我正好也想喝酒，还是我请你吧。"

她从我的衣装举止上大致是能猜到我的经济条件的。

夏朵要喝酒，自然不会是像班磊失恋时那样随便找一个小饭馆叫几瓶啤酒。她熟门熟路地带着我来到一家看上去比较高档的酒屋，内部分隔成很多小间，可以看到院子里的水池和假山岩。"我爸和人谈事情常来这种地方。"她漫不经心地朝我解释说。然后我们就在点着很多胖蜡烛的房间里坐下，从小瓶装的啤酒喝到酸酸的红酒，最后再喝到冰镇的清酒大吟酿。我是第一次喝酒，未料酒量却如此好，只是微醺不曾醉，让我有些失望。

酒至酣处，夏朵的脸渐渐绯红，而我的脸却越发苍白。我想喝酒本是因为陈琛，但说着说着却拐到了夏朵和班磊的事情，我也好奇，便不打断，让她娓娓地说。

夏朵说："他身上有一种，有一种，我以前不大看到的东西，他很叛逆，不是装出来的，也不是那些小混混的习气，总之我说不大清楚，但他每次看我，我都羞得全身发红……"她摸摸自己的脸，"就像我的脸颊这样发烫。"

我看看她，默不作声。可能是因为同性的缘故，即便关系再好，我也没觉得班磊有什么特别的地方。女孩摸完脸，想起什么似的从书包里翻出一盒烟，动作半生不熟地点上。她抽烟的样子和本身的气质毫不相符。

夏朵眼角笑笑地看着我："前段时间刚开始的——我记得你上次跟我说，让我去看一本书，叫什么来着？霍乱？"

我装傻："有么？不记得了，呵呵。"

"哦……那，跟我说说你吧。"

"我？"

"对。"她倒上酒，"你的感情，你的初恋，是师范附中那个？"

"不……"我连忙摇头，把水手服编作我的初恋，实在是种侮辱，"不是她，另有其人。"

夏朵用一只手托腮，半认真地道："那跟我说说，你们怎么认识的？"

这下轮到我拿起酒杯慢慢转动杯沿了。

"她……她的出现，是一个意外，对，意外，当时还吓了我一跳。我这人胆子小，她却胆子很大，有很多让我吃惊的想法和创意。我原来以为我们不会再见到，后来我才发现，原来我们的父母都认识，而且关系还不错，所以我们在很小的时候就见过了，只是我们当时并不知道。"

"哦？你们特别有缘分呵。"

我抿抿嘴角，不置可否："也许。但最后她还是不知道我的心思，所以也不叫真缘分吧。"

"是暗恋？"

我抬起头看看眼前的女孩，忽然觉得那些酒精开始发挥作用了："是的，是暗恋。"

"和我一样呵。"她兀自叹道，然后忽然来了念头，"也许我们都该去和暗恋的人说说清楚，否则也是活受罪。"

我抿口大吟酿："如果明知道希望渺茫，还要去说破，那不是连生活里最后一点悬念都没有了么？"

她被我这句话戳得泄了气："你读了很多书吧？"

我笑，笑得很难看："没有，只是平时在学校里看得多了。"

太多太多了。

2 ════════

大概从两年前开始，我们学校每年都要和瑞士一所学校交换一小批学生，为期三四个月。说是留学，其实就是旅游，而且学校包掉四分之三的费用，所以这几个名额的抢手程度仅次于高三的加分考试资格。

今年的名单里有高二（3）班的南蕙，估计是龙虾起了作用，相当于一次福利待遇。因为我打听过，去年这时候，尾巴元老马超麟也去了瑞士交流。说不垂涎这次的交流，那是假的。但我自己也清楚，一来，我对尾巴的贡献不如南蕙；二来，剩下那四分之一的费用以我们家的条件是无论如何也出不起的。

南蕙这一走，剪刀小组里自然有人顶替她的组长位置，但为龙虾传话的心腹助手就少了一个，于是找上了我。作为心腹，我可以接触到一部分其他的尾巴成员，然后替龙虾分别向他们转达一些命令，俨然是尾巴里的中层干部。

尽管对巫梦易这些落网的目标有着种种内疚，尽管和班磊的友情毁于一旦，尽管陈琛刚走，尽管夏朵这里还有一摊子问题，但在接到任命的那一刻，那种大功告成的快感毫无遮拦地充斥着我的神经系统。

　　只是这种快感极为短暂，随之而来的，就是无尽的孤寂。

　　南蕙离开学校的前一天，我和她在龙虾的办公室里交接完毕。出了办公室，天色已晚，回教室的路上她却叫住我："你跟我来，还有东西要移交。"

　　我纳闷，按理该交接的之前在办公室里都说掉了。她不由分说把我带到僻静无人的大楼角落，从自己书包里取出两本本子。我接过一看，脑子就像被泼了一桶白色油漆：那是两本数学小方格本，里面密密麻麻地用圆珠笔、铅笔和钢笔下了很多盘五子棋，黑红蓝灰四种颜色都有。其中一本的最后，用铅笔的那方五盘皆负。

　　陈琛去世之后我参加了他的追悼会，但没再去过他家，所以这两本东西应该属于被他父母清理掉的遗物。我猛抬起头，问："这些怎么会在你这里？"

　　南蕙说："你以为，平时只有你才去看他么？"

　　"什么意思？"

　　她还是一脸平静："这是我帮他妈妈整理出来的，他曾说过这本子是你拿来的，所以现在物归原主。"

　　"我是问，你和他……到底什么关系？"

　　"人都死了，问这个干吗？"

　　我被她的冷漠呛得半死，真是杀了她的心都有。陈琛曾说他疗养在家之后只有我经常去看他。难道他在骗我?！一直以来他都在对我撒谎？怪不得，怪不得，我想起来了，陈琛刚传来死讯的时候，南蕙好像告了一天的病假，当时我自己也很悲痛，没有注意到这两者间的联系。该死！这两个人的关系绝对不一般，不然陈琛不会隐瞒我这么久，以前在学校里也看不出来他们有这一手。

南蕙见我满脸"纠结"，给了我个台阶下道："其实你不必这样，你对他隐瞒了自己尾巴的身份，他对你隐瞒了我常去看他，正好扯平。"

"真想不到你们两个……"我无数口恶气堵在胸口，一时没了言语。

"我们只是约好一起考交大，可惜，现在不可能了——这次出国交流倒来得正好，就当是感情疗养吧。"

她这句话说得看似平静，实则带着很多凄凉和无奈。我也意识到不能再说死者什么了，闷了片刻，问："你现在跟我说这些，不怕我向龙老师告密么？"

南蕙说："陈琛一直说你是个不会害人的好人，我对你的了解比他深一些，你的确会害人，但不会害人不利己——告发了我你也没好处，龙老师能给你的想必都给你了，你还要求什么呢？难道想让马超麟看我们的笑话么？"

被她这么一说，我真的一点脾气也没有了，只能直勾勾地盯着她看。此前南蕙的相貌气质我是熟悉的，表情平静冰冷，带着一丝不屑和身处事外的淡漠。但现在她脸上没有了以往那种嘲讽别人的"生机"，惨白的脸上似乎上了一层亚光漆，一点光彩也不见了——就好像是死人的脸，却隐约多了一丝奇怪的凄凉和委婉。

这在我之前的记忆中是从未出现过的。

和此刻的她相比，还是那个平时喜欢恶毒讽刺挖苦我的南蕙显得更为真实。我现在只感到奇怪，陈琛这么老实巴交甚至缺心眼的好人，怎么会和南蕙这种工于心计、精明干练的女孩做出那样暧昧而可疑的约定。他这一走，实在是带走了太多太多的秘密，却把十万个为什么留给了我。而眼前的剪刀小组前任组长，是绝对不会轻易告诉我的。

见沉默太久，南蕙道："除了我，你是他生前唯一常去看他的人。现在东西我还给你了，也该走了。"

我攥着手里的本子，终究忍不住好奇，连忙叫住她："走之前，能不能回答一个和他无关的问题？"

"说。"

"这所学校，到底有多少尾巴？"

3 ═══════════

四月初的一天，南蕙带着她和陈琛之间的秘密，飞往异国。

算起来，她从高一被召入龙虾麾下，到高二末暂时离开，总共近十五个月，比我的尾巴生涯多了足足十个月。经她手处理的各类信件更是难以计数，而她一直扮演着龙虾心腹和传话人的角色。

然而就是这样一个毫不留情、冷如冰霜的女生，却一直有着不为人知的一面。

所以，现在还有谁是龙虾可以信任的？

反正肯定不是我。

接手新岗位的第二天，便收到线报，事关班磊。

之前，我在那个傍晚问到过尾巴人数的核心机密，南蕙踌躇了片刻，讲："连你在内，我接触过四个尾巴。"当然这肯定只是一部分，根据她从一些资料和其他迹象的推测，我们学校现有的尾巴不超过十人，算上剪刀小组，所有成员不超过十三四个。

只有十三四个。

初看之下，这所一千多人的学校里就这点人，似乎少了点，简直做到了百里挑一。但是除此之外，还有很多善于打小报告的眼线密布在各个班级，他们可能是一心讨好上头的班干部，可能是无意中说漏某个目击事件的尖子生，可能是某个喜欢窥私的默默无闻的普通学生，甚至可能只是出于报复的心态而告发别人……不管目的如何，总之大部分风吹草动和风言风语都是通过他们直接或者间接上报给班主任、年级组长乃至螳螂本人，并最终汇总到龙虾手上。

所有这些人在有意无意当中形成了一个既松散又紧密、既简单又复杂的控制体系，一个规模庞杂的信息金字塔，一张乍看之下摸不到头脑的情报蜘蛛网。可以说如果没有这些眼线的贡献，尾巴根本就不会存在。

所以，他们才是真正的"幕后英雄"。

这次举报班磊的，就是这么一个普通学生。他可能这辈子都没怎么害过别人，也没有害人的心。他只是无意当中和别人说起自己某天放学后碰巧看到班磊跟外校一个女孩子在四平电影院附近逛街，貌似是刚看完电影出来。此人是高一生，但打篮球的时候和班磊对战过，所以记得他。

说者无意，听者有心，因为他和别人说起这件事情的那个"别人"，正好就是我们最近刚吸收进来的高一年级尾巴成员，而他平时的联络人正好又是我。

"那个女孩长什么样子？"我问，"他有没有仔细观察过？"

"他说，蛮清秀的，一米六左右的个子吧，穿着白色和蓝色相杂的校服，他没认出来那是什么学校的。"

我微皱眉头。夏朵她们学校的校服就是蓝白相间，五官和身高描述也很符合。

"没有什么亲密的接触？"

"好像没有。"说到这里他脸上有些失望。

我看着这个新人，感觉就像当初的我，也是野心勃勃，想要快速而秘密地打一个漂亮仗，所以对那些没有明显亲密行为的可疑目标都又爱又恨。

真是此一时，彼一时。

"知道了。"我对他说，"上面会处理的——这件事情不要再传，以免打草惊蛇。"

　　得到线报的当晚，一个电话就打到夏朵家。

　　我比尾巴小组里任何人都更想知道他们当时干了什么、现在是什么关系。

　　夏朵接到我的电话当然很意外。我说我们学校的期中考试刚刚结束，现在有时间了，又能开始监视班磊。

　　夏朵没起疑心，说："你来得正好，我现在正心里没底呢。"

　　我心里比她更没底，问："怎么了？"

　　结果果然不出我所料，夏朵这个笨蛋前几天终于没有听进我的暗示和劝告，自说自话地逃了下午最后一节课，跑来我们学校找班磊。班磊也不知道怎么想的，还真就跟着她跑去玩了。两个人具体去了哪里她没跟我说，我也不想知道。事情的重点是，两个人应该玩得蛮开心的，于是临分手的时候夏朵鼓起了十二万分的勇气半透明半暗示地向班磊表白心意。

　　听到这里我瞬间喉咙发紧："然后呢？"

　　夏朵说："他说，他说要好好考虑一下……你说这会不会就是在拒绝？"

　　我苦笑："我又不是他肚子里的蛔虫，怎么会知道？"

　　"以你的角度来说，你会用这种方式么？"

　　"不知道，也许会吧。"

　　"……他说会考虑一个星期再给我答复，你觉得会有希望么？"

"不知道。"

电话那头埋怨了："你怎么什么都不知道？"

我纳闷了，我凭什么什么都该知道。但在电话里不能这么说，而是道："我只能帮你在学校继续盯着他。"

夏朵说："他上次跟我说你们学校管得很严格，我估计在学校你再怎么盯也没什么用，算了，我还是想办法另找一个愿意的人吧。"

我意识到自己快失业了，惊诧道："愿意什么？"

夏朵说："当然是愿意跟踪他回家啊。"

4

自从得知学校里有"尾巴"之后，班磊倘若放学后想要打会儿球，都不会在学校里，而是跑到虹口足球场旁边的露天篮球场。可能他觉得在那种眼线密布的地方打球是极不舒服的，谁知道他的队友或者某个观众是不是正在被另一双眼睛监视着呢？但他答应过我不把这个秘密说出去，所以索性眼不见为净，避开那些乱七八糟的烦扰。

可我这次却不得不再度打扰他的生活——为他，为夏朵，也为我自己。

我抵达露天篮球场的时候已经是下午五点。

按理我现在肩负着帮夏朵跟踪班磊的任务，应该随时紧盯目标。但其实我早就摸清了班磊的动向，一般星期三下午他都会在这里打球，所以我是在学校里处理好了一些尾巴小组的事务才匆匆赶来。不过和夏朵设想的不同，我这次不是跟人回家的，我是来摊牌的。

班磊看到我出现的时候显然没有什么思想准备，原本要传球的意图瞬间打乱，运球的节奏也迟了一拍，立刻被对方后卫抓住机会抄球，结果被判打手犯规罚球一次。班磊拿着球站在罚球线后面却心神不宁，还往我这里扫了一眼。如此三心二意，那个球肯定是不进的，连前场篮板都没有抢到。他似乎指桑骂槐地骂了句娘，在开球之前找了个替补，自己下场喝口水休息一下。

我轻轻坐到他边上，只不过背朝着他，像在看隔壁球场的比赛："不好意思，让你分心了。"

"你来不会有什么好事。"班磊喝了一大口矿泉水，用手背擦擦嘴，"有屁就放。"

话说到这份上，客套无益，我只能直接放了："有个女生叫夏朵，你认识的吧？"

不出所料，班磊立刻转过身来，但我没去看他的眼睛："你别急，我现在和你谈这个，是以私人的身份，学校里没人知道你们俩的事，我只是碰巧也认识她。"

班磊的身体还是紧绷着，语气也没有丝毫缓和："你没完了是么？你到底想怎么着？"

他越是发火，我越是苦笑："她不是向你表白了么？你不是说要考虑一个礼拜么？我很好奇，就探口风来了。"

我说的东西都是从夏朵那里得知的，足够让班磊相信我，也叫他加倍莫名："你不是一直在做盖世太保么？怎么现在又问起这个了？"

"我爸生前和她爸爸有交情，这个忙不得不帮。"

"她派你来的？"

"她其实还不知道你我认识，只晓得我们在一个学校，我只是无意当中得知你们……"

正说着，有三个下场休息的男生骂骂咧咧地走到我们这边坐下喝水，我们不得不停止交谈。班磊看看他们，再看看我，拿起运动外套走开。我在原地等了十来秒钟，也起身跟着他往男厕所方向慢慢走去。

班磊在足球场建筑阴影下的角落里点燃一支烟，深吸一口，吐出来的除了烟雾还有无奈："搞了半天你们两个居然互相认识，真是他妈劫数。"

我能理解我是劫数的原因："干吗这么说她？"

班磊说："去年我们两个就认识了，一开始我还没觉察出来，后来我朋友悄悄告诉我她对我有意思，所以这丫头虽然嘴上不说也没什么实际行动，但我早知道了，只是没想到她居然会等这么久，呵……"

班磊的这些话并没有让我意外，自从水手服事件开始我就发现，**谈恋爱其实也是一种很尔虞我诈的课外活动**。

可我现在只想要结果："那你到底是答应还是不答应呢？"

班磊并不笨，他瞟了我一眼，反问："你那么心急干吗？"

见我没回答，他不依不饶道："林博恪，你现在的立场很奇怪呵，你要是盼着我答应下来，你以后在学校怎么跟你的狗屁组织交差？不怕我被你们的人告发么？可你要是不希望我答应下来，你又怎么去跟你爸爸的好朋友的女儿交代？嗯？换成我处在你现在的位置，逃都来不及，怎么还会这么有心思来搅这趟浑水？"

我被他的分析驳得哑口无言，这小子，看来不是只会打打篮球那么简单。我挠了挠头，叹口气，讲："给我支烟。"

这个要求把班磊吓了一跳，眼睛睁得老大："没毛病吧？你怎么想到抽烟？"

他不知道我其实已经抽过一次，也是在万般无奈的苦恼境地下抽的。只是现在不会再有人举报揭发我了。我接过他的红双喜，借火点上，居然没有被呛，只是眼睛有些发涩："从我们认识以来，我就没有骗过你，哪怕我现在跟着别人回家的事情，都没有隐瞒，这你是知道的，所以我也一时半会儿骗不过你……"

我深吸口烟，继续讲："凭良心说，我是不想你答应她的。"

班磊笑笑："我果然猜得没错，你还是怕我们会连累你，你还是只担心你自己的前途，林班长，林部长。"

"随你怎么说了……我是为大家好，大家。"

"你以为你能管得了我们么？"

"我不能管，我只能求你。"

班磊眯起眼睛，直勾勾地看着我认真严肃的表情，慢而用力地把最后一小段香烟吸完，将过滤嘴揉得很细很细，扔在脚下："你应该从夏朵那里知道了，我和原来的女朋友分手，伤心了很长时间……一句话，我现在只想一个人清清静静地过日子，什么样的女人都不想了，这和你求不求我没关系，我早就这么打算了——还有，麻烦你以后不管是私人的原因还是你们公家的尾巴小特务，都别再来烦我，OK？"

我没了抽烟的心思，任凭它燃烧："拒绝的事情你自己跟她说，你我认识的事情也还请保密——不管怎样，我都得谢谢你……"

话没说完，班磊已经转身走掉。

我讨了个没趣，离开前把没抽完的烟踩灭，冰冷的地面上便只剩下两个变形了的烟蒂。

5 ═══════════

夏朵终于没有煎熬地等足一个礼拜。

在第四天的时候，班磊通过电话拒绝了她的一番

"美意"。女孩当时是什么反应我不清楚，反正翌日傍晚我打电话到她家去的时候，她家的佣人告诉我说夏朵身体不舒服，所以不接任何人的电话。

意料之中的状况。

我这时心里还很镇定。这几天里我唯一害怕出现的场面就是被拒绝的女孩一气之下丧失理智，再度跷课跑来我们学校找班磊，然后歇斯底里地大闹一场，搞得人尽皆知，引起龙虾他们的高度重视——人在失恋的时候，往往都是没有理智可言的。

幸好，夏朵没有像女煞星一样出现在我们学校门口。一直到星期六，财神家的补习课上她也没有出现，倒也在情理之中。

过了这段时间，她便会好了吧？我这样安慰自己。

孰料，补课开始没五分钟，忽然来了一个陌生的脸孔。财神把他安排在了夏朵原来坐的位子上，我心里顿时"咯噔"一下。到了中间五分钟休息的时候，我故作友善地上去和新人搭讪。对方开朗健谈，没几句话就和盘托出了：财神家补课的名额一向抢手，之前他老爸一直没办法把他弄进来，结果昨天晚上财神打电话来说原本周六上午那班有个女生退出了，现在正好……

没听完他的话我已经面色灰白得像教室墙壁——这意味着，我以后基本上不可能再有正当理由见到夏朵了。

算来算去，就是没算准这一道，该死。

接下来的几天，度日如年。往夏家的电话打多了，自然会引起怀疑。可要亲自到她家楼下去等，我也是万万不敢的，因为换作被别的家长抓到也就算了，最多被当成小流氓而已。可她父亲是夏明超，到时候会是怎样的尴尬，实在不堪设想。

然后又发生了一个小插曲。

当初我和夏朵去喝酒，结束的时候为了醒酒，她请我喝那种塑料瓶装的西瓜汁饮料。那个瓶子我至今留着，像宝贝一样贴身带着，上学时一直拿来装白开水。夏朵退出补课的那个星期六，我正好忘记把它放在书包里。结果当天回家的时候怎么也找不到，问母亲，她说："以为那个瓶子我不要了就卖给了收废品的，那老头儿才走没多久。"我闻言大惊，连忙出去追，总算在小区门口截住了他。那老头可能还是头一次看到为了讨回一个塑料瓶愿意倒贴一块钱的傻子二百五，于是很卖力地在一麻袋塑料瓶里翻了半天，终于完璧归赵。

就剩下这么一个留念了，不能再丢了。

可能是老天被我的无比虔诚和执著感动，到了周一的时候，打到夏朵家的电话终于和她联系上了。

她的声音听上去没变，我先是装傻充愣，说你怎么不来补课了？是不是家里出什么事情了？她就把班磊的事情断断续续地告诉了我。

我装模作样地沉吟了小会儿，讲："这种事情强求不来，对了，我有件东西要给你，你明天放学有时间么？"

夏朵犹豫了一下，让我在电话那头紧张得要死，然后说晚上她们家里有个家族聚会。我正要掩饰自己的失望，她却接着道："要不中午我们约个地方吧。"

我喜出望外："这样行么？你下午赶得回去？"

夏朵倒是很洒脱，只是语气中带着疲惫："没关系，反正最近上课也上不进去，逃就逃了。"

6

和夏朵约定的地方不敢离我们学校太近，所以是在六条大马路之外的一家肯德基餐厅。我要带给她的东西，是那本《霍乱时期的爱情》。

算来自这本书从图书馆偷出来后，在我家的衣柜下面潜伏了很久的时间。我曾经想过要把它放回去，但阴差阳错，被当时忽然出现的南蕙给搅和了，后来也一直没心情物归原主。

然而也正是这个南蕙，那天晚上在我们分别之前，抛下最后一句话给我："其实有时候我也很好奇，你我这样的人，配谈爱情么？"

配么？

当然不配，也不应该。但我此时此刻只想见见夏朵，见见她，仅此而已。算起来，除了补课，我们俩一共也就见过两次：水手服家一次、喝酒一次，每次脑海里都留下那个清新可爱的五官轮廓。

但轮廓毕竟只是轮廓，要是再不见面的话，我真怕忘记她到底长什么样了。

当天中午我狼吞虎咽吃完了饭，和副班长关照一声，号称出去买文具，便出了学校直奔目的地，而那本小说就藏在我的校服外套里。因为最近我的自行车都停在学校车库，中午进进出出会引起别人注意，所以权衡再三，还是决定步行过去。

没料到，这个看似吃力的选择后来却救了我一命。

当时我已经行进到第三条马路，正好在等一个红灯，便趁这个空当到边上一家杂货店买口香糖。结果隔壁水果铺的一面镜子上忽然映现出了一个男孩的上半身侧影。我一扭头，看到他正好走进水果店旁边的一家漫画书店，动作看上去很自然，但还是不对劲。

红灯转绿，我跟着人流过了马路，然后蹲下系鞋带，发现那小子也跟着过了马路。对方没穿校服，脸庞却很年轻，甚至可以说是脸熟，只是一时记不起来在学校的什么地方遇到过。

对尾巴来说，直觉就是王道，不需要更多推测。讽刺的是，这次估计是轮到我自己被跟踪了。风水轮流转，当务之急是把这根小尾巴转晕了。更重要的是，甩掉之后，我很有可能还要向那个派他来的人解释我中午的一切行为。

这本小说，今天可能是送不上了，还要害得夏朵苦等。

但保存自己，仍旧是第一原则。

我系好鞋带，起身却转了个方向朝左走。那里不是我原定的路线，却有另外一所学校，一所全市著名的市级重点学校，只要走三分钟就能到。现在是午休时间，学生可以自由出入——他们的校服和我们的一模一样。我摘掉胸前的校徽，装作平静地朝校门口走去。

谁知，这时一名执勤员在门口叫住了我："同学，你的校徽呢？"

我努力朝她挤出一丝微笑："上午体育课的时候丢了，还没买新的。"

对方一脸公事公办的神情："班级，姓名。"

我瞥了身后一眼，二十米开外，我的小尾巴一脸诧异地正朝我们这里看。事到如今，只能冒险一次了："高二（2）班，王丰，丰盛的丰。"

我很幸运，女执勤员没有追问，在本子上记了一笔，顺利放行。跟踪我的小子显然是新手，没我这样的胆子，只是在校门口徘徊。他当然不知道，新学年开始的时候，我跟着学生会外联部的人来过这所学校参观一个演讲赛，所以对里面的布局大致了解。它的另一个方向还有一个小校门，通往另一条小马路。小门这里就一个执勤员，我走出去时丝毫没有引起怀疑。

我从小马路绕过去，做了一个典型的迂回包抄路线，返回正门处。那小子还在门口傻站着，我走到他身后，拍了拍他肩膀，他回头见是我，吓得半个魂都没了，脸色白如粉笔灰。

我一把扣住他的肩膀就往回去的方向走，边走边问："说吧，谁派你来的？"

他很嘴硬，抵赖道："同学我不认识你，你干吗？"

"不认识我？不认识我还从学校出来跟我这么久？"我依旧虎着脸，"你哪个班的？说。"

小尾巴说："没有，只是顺路啊！我怎么知道你什么学校的？你认错人了。"

"好啊。"我放开手，"既然你不承认是我们学校的，行，我先回学校去，就在校门口守着——有本事，你下午别回来上课。"

这招很管用，他的面部肌肉抽搐了一下。我紧接着再来上最后一击："我回去还要找龙老师问问，他怎么允许自己人盯自己人。"

小男生彻底防线失守，慌张地道："求你别告诉他！"

我眯起眼睛："那你说，龙老师为什么派你来？他当时怎么说的？"

他摇摇头："不是龙老师，是个师兄转达的任务，说你可能瞒着上头什么东西。"

我眯起眼睛："那人叫什么名字？"

"叫……叫马超麟。"

第十三章　不得好死

1 ════════════

　　尾巴的元老级人物马超麟，此时距离七月份的高考[1]还有两个半月不到，手上已经拿到交通大学的加分资格。不过这厮当尾巴可不是为什么利益和前途——他妈是学校的行政处老师，本就可以受一些优待。

　　他当初成为龙虾麾下的第一批尾巴，纯粹是因为喜欢干这个。

　　我心目中的马超麟永远是蜘蛛和眼镜蛇的结合体：像前者一样将自己的网络和触手悄无声息地散布在各个角落，让你察觉不到，然后渐渐放松警惕；接着就在你以为身处高三末期的他已经销声匿迹、永不过问尾巴事务的时候，他却忽然出洞，等到发现时，这条阴险的长

――――――――――

[1] 1997 年时高考安排在 7 月，直到 2003 年开始改为 6 月初。

虫已经迅疾地扑到了你的面前，对准要害就是一口——不过作为毒蛇，他的毒牙并不来自于他自己，而是喜欢假冒龙虾的命令来借刀杀人。

可能在他的眼里，我们这些人都是小字辈、嫩手、菜鸟。并且，任何让他感到起疑的内部成员，都是应该被跟踪、调查和询问的对象，无人可以例外。

而我之所以引起了他的怀疑，是因为当初那个新人向我报告了班磊和夏朵的事情之后，又跟他汇报了一遍（那个笨蛋天真地以为所谓自己人就真的是自己人）。马超麟发现我没有把这个情况上报给龙虾，起了疑心。

但他已经是高三末期的人，身不由己，于是故伎重演，忽悠了一个刚进来不久的高一尾巴在学校里监视我，说我可能和早恋的人有勾结。没想到，事情败露了。

我没有遵守审问小尾巴时的承诺，揪着他来到地理研究小组的办公室，把我发现的情况一五一十告诉了龙虾。我必须贼喊抓贼反戈一击，才能混淆视听，保证我和班磊的秘密不被发现。

马超麟很快也被叫过来了，大家当面对质，问题的关键就是我当时为什么要隐瞒了那个线报。

我的理由如下：根据我们的人说，那个目击的学生是在马路对面看到的，但距离间隔较远，他自己也说无法确定一定是班磊，只说了"可能"，因为其实两个人并不熟，只在篮球场见到几次。另外，那天是星期一，全校都穿校服，但目击者说那个男生穿的不是校服而是别的外套，也没有像班磊那样骑自行车。所以，凭什么要根据这么一个可信度不高的证据，就派人手去跟踪？

马超麟说："这些你说得都对，但你怎么不说，因为你以前的目标就是他，所以你怕万一真的查出问题，就体现了你当初的失察，甚至也许是包庇呢？"

如果当时我身边有桌子，肯定拍案而起："什么？！你再说一遍！怀疑我？当初抢我头功我还没跟你细算呢！"

说罢就要抄他的衣领，被龙虾厉声喝止。

房间里所有的人都停住了动作，因为谁也没见过龙虾发出这么威严而恼怒的声音，宛如幻觉。喝声过后，他控制住了自己的音调，沉声道："班磊这个学生已经查过好几次，都没什么问题，小林分析得也有道理，是超麟有些神经过敏了。"

随即他转向我："至于你，不管怎么在理，私自扣下任何信息都是不对的，我们维持着今天的局面，和信息渠道有很大的关系，任何消息必须上报备案，你这次是错误不是失误，不能不罚。"

惩罚措施是，我暂时停止现在的协调和传话任务，调到剪刀小组打下手直到本学年结束，不得和其他尾巴成员发生接触。

其实这已经相当于提前退休了，因为到下学年南蕙早已回来，同时我们都升到高三，不会再有多久的蹦跶机会，可以安享加分资格考试的战果，专心备考。

更重要的是，班磊的事情就此告一段落，而始终让我提心吊胆的马超麟，也在这里被正式宣布（其实就是被勒令）退出尾巴一切的活动，安心高考，也不得和任何其他尾巴成员接触，否则龙虾会和他妈好好谈谈。

表面上看这是各打五十大板，其实还是倾向于我的。

马超麟当然也清楚，所以一起走出办公室的时候，不忘恶毒地叮嘱我一句：“你要当心，林博恪，人在做，天在看，你不会每次都运气这么好。”

我到底是长期被南蕙讽刺出来的，回敬道：“真不明白你在说什么，交大的加分资格来之不易，祝你高考别翻船，否则你举报的那些情侣可就死得太冤了。”

2 ══════════

所谓的给剪刀小组打下手，就是每天当那群小姑娘截查信件的时候，帮她们把信件封口的胶用特殊的化学药水溶解，然后小心取出信件，分类归档，把那些已经检查过的信件重新装封、上胶。这些完全是只需要细心和技巧的体力活，不像她们那样要一目十行但又十分敏锐地阅读完信件，摘录可疑内容，事后还要进行分析。

换言之，我被排除在了一切核心秘密之外。虽然有可能万一哪天遇到了紧急和突发情况，我还是会被龙虾重新起用，但目前我是无需担心过多的。这种看似波澜不惊、死水一潭的日子，倒是休养生息抓紧学习的绝好时机。

但我和夏朵的见面也就因此无限期搁置了。

被龙虾贬到剪刀小组的当天晚上，我和夏朵通了电话，抱歉害她中午白等一场，只说当时自己家里出了点事情。听起来夏朵本来是要责怪我一顿的，得知是我家里出事，就没再多说什么。我还对她说："可能以后我们要有段时间不能见面了。"

之所以这么说，是因为这天下午放学回家的时候，我总是有种强烈的感觉：龙虾可能派了别人在跟踪我。我屡次很小心地回头观察，都没发现什么，但心里的弦还是紧绷着。我不敢绕远路尝试甩掉想象中的尾巴，因为那只能更加说明林博恪可能有问题。

在这种时候贸然去见夏朵，若被发现，不要说什么重获重用了，连给剪刀小组递递胶水都不可能，更不必谈那个闪着灿灿金光的加分考试名额。

夏朵不知道这些肮脏的真实原因，追问为什么。我叹口气，只能牺牲母亲，说："我妈病了，最近要去医院陪护。"更要命的是，当初我从夏朵这里挣来的外快，基本上都用来给巫梦易买了音乐光碟，所剩无几，以后连打电话的资金都要告急了。于是和她的联络便进入了名副其实的潜伏期。

这一断，就是一个多星期。

这十来天里，有几次晚上我做梦能遇到她，有时是当初在葬礼现场的情景，她躲在她父亲身后一脸无辜和害怕地看着我，眼睛睁得老大；有时则是我们喝酒或者在水手服家附近遇到的场面，但她的五官总是一次比一次模糊，一次比一次陌生。她们就好像是两个完全不同的人，彼此独立，却又有着奇妙的联系，宛如毛毛虫和蝴蝶。

我想，在忘记她的五官前，必须要见到她，哪怕只是一眼，无论以何种代价。

然而也就在这十来天里，事情发生了戏剧性的变化。等我重新去找夏朵时，发现自己苦心经营的小世界已经换了天地。

那天是星期二，前一天夜里我豁出去偷偷洗了个冷水澡，然后晚上故意不盖被子。结果这天早上我已经可以感觉到自己额头发烫，脚步打飘。但我依旧坚持到了学校，以惊人的毅力熬过了一个上午。中午又故意让别人看到我没吃饭，到了下午第二节课后，我终于可以颤颤巍巍而又自信满满地摸进医务室。

五分钟后我出来时手拿病假单，让班主任在出门单上签了字，便收拾好书包出了校门，谁也不知道书包里除了课本还塞着《霍乱时期的爱情》。

那偶然的一瞥，引起了一场爱情大灾难，持续了半个世纪尚未结束。

这是里面我最爱的一句话。

下午三点半，青天白日，车流稀少路况良好，没有任何尾巴。

自行车走了一路的半 S 形，终于抵达夏朵她们学校，然后耐心等待她放学。

然后我果然等到了夏朵的出现，但同时发现，一个同样推着自行车的身材高大的男生从另一个方向走到她面前。他们显然认识，关系不错，搞不好就是约好了的，两个人一起朝五角场方向走去。

我站在马路对面，脸色苍白，额头发烫，嘴唇干涸，视线发蓝，但都不如此刻脑袋里的嗡嗡声来得强烈和致命。

看着他们的背影过了几秒钟，我体内忽然升腾起一股强大的力量，不可思议地让我快捷地翻身上了自行车，好像我没有发烧，更没有神志模糊。

这是什么样的力量？嫉妒。好奇。渴望。捍卫。疯狂。现在回忆起来，很难辨析清楚。我慢慢地跟在他们后面直到走进复旦大学的校门，我忽然意识到那个斯文且略带稳重的男生可能是一名大学生。因为他对这里很熟悉，俨然是在自己的地盘，大着胆子让夏朵坐在她的车子后面，在树叶青翠的大学校园里慢速兜风。

从我所处的角度，看不到男生的表情，只看到坐在后座上的夏朵，一脸酒醉后绯红的幸福。

她笑起来，还是那么好看。

然而到了第二天的傍晚，举报她和载她兜风的年轻骑士的匿名信就出现在了她家楼下的信箱里，而且上面写的字避免了信件被夏朵本人拆开的可能性——

"夏明超先生　亲启"。

3

夏家收到那封举报信的前一晚，差不多应该是夏朵从复旦回家后的第三个小时，我和她通了最后一次电话。我跟她说我母亲的病痊愈了，然后说今天放学后去找同学，在路上碰巧看到一个很像她的女孩，边上有个推自行车的帅气的男生。

夏朵说那的确是她，男生是她以前的外语家教，在复旦大学念书，之前一直在追她，但那时她心里只有班磊，可现在……

我捏紧话筒，努力笑出声音："现在，你从他的事情里走出来了，对么？"

"对。"她很欣慰地道，"走出来了，我没想到会那么快就……"

我说："走出来就好，真替你高兴……祝福你，祝福你们两个。"

夏朵说："谢谢你。"

通话结束。

从公共电话房回到家，我就再也没从床上起来。我妈一摸额头才发现原来我发着烧，一量三十八度，立刻翻箱倒柜给我找药、倒热开水。看着她忙碌的背影，我欲哭无泪，将头转到一边，脑海里浮现出夏朵搂住男孩子的腰的画面，那双白皙的手，还有那个动作，像极了她小时候躲在她爸爸背后的样子。

当天夜里，我再度梦到她，夏朵的五官无比清晰，好像睡前我刚和她见过面。

只是为了这份记忆中的清晰，代价惨重。

第二天一大早我妈跑去打电话给我们班主任，替我请了半天假。但我坚持要求她不要留下，还是去上班。她知道我不会逃课，加上烧的确退了，便答应了。趁她不在的时候，我起床写下了那封举报信，用它替代了书包里的那本如今看来如此可笑的爱情小说，然后穿衣，上学。

巧的是，我到了学校正赶上吃午饭，而且还是高峰，座位难找。好不容易抢到一个，却发现坐在对面的是巫梦易。

如果是两天前发生这一幕，我可能只是轻微地内疢，因为毕竟我以自己的方式补偿过她了。但此时此刻，我的心和脑袋一样沉重，目光只盯着自己的饭碗，机械地进食。

巫梦易也是一个人，坐在那里默默地吃。

她一定做梦也没有想到，现在坐在她对面的就是跟踪和举报她早恋的人，更想不到，这个人，这个尾巴，这个品学兼优的班长加学生会干部，竟然也对另一个女孩陷入滑稽而失败的非分之想，然后发现自己是一条可怜的蛆虫。

我当时还真有那么一种冲动，希望她忽然把自己饭盒里的饭菜连同小碗汤水一股脑儿地泼在我的脸上身上，这样我心里会好过很多很多。

但什么也没有发生，安静而崇高的早恋殉节者吃完饭，收拾好碗筷离开，留下这个可笑而卑鄙的小人坐在原地，味如嚼蜡地吞咽着食物，品味着心灵上的鞭挞和煎熬。

4 ═══════════

匿名信寄出后，夏朵那边没有任何消息。她既没有气势汹汹地出现在我们学校门口，也没在我去财神家补课的时候出现。我家没有电话这个缺憾这时却成了优势，使她无法便捷地联系上我。

这让我反倒有些失望。

两星期后，劳动节刚过，高一年级前往郊区学农。我当初学农时因为生病没去，所以这次随团前往，跟着他们补学。

因为这一学就是八九天，所以开拔去郊县之前，我还特意到理发店去剃了个头。

国营的理发店，穿白大褂的师傅，三块钱一个脑袋。我坐在破旧的椅子上，看着镜子里自己的头发在电推子的运作中一点一点地掉落。它们的主人此刻表情僵硬而木然，像尊泥塑。

学校校规严谨，对男生的刘海鬓角发尾有着明确的尺度限制，从初中开始我就喜欢清爽利落的短发，所以一直不以为意。然而认识夏朵之后，她曾无意中说我的脸形适合略长的头发。言者无意，闻者有心，之后我便没有像以往那般定期地去理发店。母亲曾经督促我说可以去剪剪了，我总是推托，说天还冷，省点钱吧，省一点是一点。于是她就没再多催。她知道我总是懂事而节俭的，从不奢求什么，从不抱怨什么，即便是处在喜欢和家长对着干的躁动逆反期。于是我的头发就在这种道貌岸然的借口下悄然生长，如地下奔突的野火。

讽刺的是，夏朵还没有见到我现在头发偏长的样子，就被我秘密告发了。这让我留起来的头发像个笑话，但我一直都没意识到，直到两天前我和班主任谈事情，她看似无心地提醒了我一句："你头发现在挺长啊，走四大天王的路线了？"

于是就来到了这里。

剃完头要当场洗，趁师傅还没撩开白色罩布的时机，我将一小撮头发攥在了手心里。它们仅长约两厘米，却是最后的纪念。

走出理发店之前，我站在镜子前扫了一眼，那里面才是我原本认识的林博恪——他的生活里不再有夏朵，不再有柔情似水，不再会感染瘟疫。

非常好。

在郊县学农，不如想象中的放松和悠闲。

我原本被分配在高一某班，可是当天就接到指令搬到教职工的那排宿舍居住。正一头雾水，高一年级副组长来找我谈话，说我白天可以不必像其他学生那样在田间劳作，尽可以看书写作业——但到了晚上，要配合其他老师在学农区域附近巡查安全。

其实这荒天野地，附近唯一一个粪坑只到膝盖深，能有什么危险？说穿了，就是抓那些不规矩不老实的学生，尤其是单独相处的异性。

年级组长这一级别的老师，是知道龙虾和尾巴小组的存在的，她自然也知道我的身份。搞不好还是龙虾亲自和她打招呼，所以当其他学生不得不十个人挤一间宿舍、闻着别人脚臭、听着呼噜和磨牙入睡时，我却能独享一个教工双人间，而且不必强制熄灯。

除了老师，剩下几个知道我身份的自然就是高一年级的尾巴，包括曾经跟踪过我的那个。我们中午吃饭的时候在食堂打过照面，当时其他人都在狼吞虎咽，唯独我对饭菜挑挑拣拣。原因很简单，学农的体力消耗大，学校又不允许他们带零食。但我不受此限制，因为我和其他老师一样享受到了定量的零食。

当天夜里八点半，距离熄灯时间还早，这条小尾巴就敲响了我房间的门。他是来报告情况的：他们班有一对男女是可疑目标，其中那个男生已经失踪了半个多小时，他假装有事找女孩，她同学说可能去其他班级串门了，但他也没找到，就感觉可能"出事"了。

根据这条信息，十五分钟之后，基地南面一片小树林子里，几只有备而来的强光手电筒宛如交叉火力，集中罩住了那对正花前月下的小情侣。

学农开始才第三天就有这么情节严重的情侣落网，破了之前的纪录。为了犒劳这条线报，我给了那个小尾巴半包巧克力威化饼干，他还没出门就啃了起来。这家伙很聪明，他知道直接向老师报告容易被其他人看到，而且老师是不会给他什么零食的。但我不同，我是尾巴小组的人，尽管闹过误会，但还是战友，要点吃的不算过分。并且将来他这笔功绩要算进尾巴的考核，我是可信的见证人。

小小年纪就是个人精，果然江山代有才人出。两年之后他是下一个林博恪，还是第二个马超麟呢？

　　无所谓了，对于那些被抓的人来说，是林是马，都一样可恨。

　　这小子捧着饼干前脚刚走，我便闩好门，坐回床上，从枕头下面取出那本《霍乱时期的爱情》。学农前准备行李的时候，我犹豫了很久，终于还是将它悄悄带上。这本纪念初次大捷的战利品，这本本应该送给夏朵的爱情小说，冥冥中就是无法离开我。

　　不过也幸好有这本书，让我度过漫漫长夜。自从来到学农基地之后，我每晚都会失眠，往往要捱到凌晨四五点，才会在梦乡中浅游一小会儿，但必定会在上午十点前醒来。因为这个缘故，我阅读的进度飞速前行，感受也从以前的不屑和厌恶，变成了在大师文笔下遨游徜徉的快感。

　　到了学农结束的前一天晚上，高一年级已陆续抓到三对情侣和一伙在凉亭里偷偷喝啤酒的男生，而这个奇妙的爱情故事我也看到了快要接近尾声的地方。

　　爱情的王国是无情和吝啬的，女人们只肯委身于那些敢作敢为的男子汉，正是这样的男子汉能使她们得到她们所渴望的安全感，使她们能正视生活。

　　看到这里我累了，于是昏昏沉沉地睡去。

　　这次我睡得格外漫长，格外香甜，一扫前几天失眠的痛苦。

翌日中午一觉醒来，我便在食堂里听到了班磊车祸身亡的谣言。

5 ══════════

要想找"飞来横祸"的例子，酒后驾车肇事再合适不过。

班磊这次就遇到了这么一个横祸。

原本那辆白色面包车只是为了避让一辆轿车，结果失去控制在街上横冲直撞，连撞带拖导致两人死亡四人重伤。司机在最后关头终于踩住了刹车，发现大事不妙，酒精往脑门上一冲，加了油门便跑。

1997年的时候私家车和出租车还没现在那么多，结果是：1. 路上不够堵，没把那厮堵住；2. 当时就算有正义之士想追截，也都是自行车助动车之流，心有余而力不足。所以更多的人只是在惊慌中勉强记住了车牌号。

班磊当时受了重伤，送到医院后还是昏迷不醒。和他一起被送去医院的另一个重伤员抢救无效死了。事发那天是周五，消息传到学校里是周一，当中不晓得经过怎样的扭曲夸张，于是便有我在学农基地的食堂里听到的误传。

当天下午高一年级回到市区，我直奔医院。所幸这两天里，班磊虽然昏迷不醒，但好歹没有被死神召唤走。

但问题也随之而来，医生在手术之后的话是："很有可能成为植物人。"

我冲到医院的时候学校的领导刚刚来过，班磊还处于观察期，他们也都没得探望，只能一直安慰班磊的妈妈。我自然无法看到班磊，只能在当中抽一个空当，把脸凑到门口的气窗，看到病床的一角和一些仪器，然后很快就被一个气势汹汹的护士长给赶走了。

学校里，这次的人情味比陈琛那次浓厚很多：高二年级组带头组织了一次募捐签名，当然交通安全宣传的内容也出现在黑板报和广播里；班磊他们班级的人弄了很多许愿的千纸鹤和星星，装在罐子里由班长送到班磊妈妈手里；班磊的座位上更是摆了一支白蜡烛，由专人看护和更换，长燃不熄，象征坚持。

以上这些都是其他人也可以做的，而我呢？应该做一些别人暂时无法做到的事情。

失眠一晚，翌日病假，去找那个女孩。

如果不是这样的突发情况，我有一千一万个理由不和她再次见面。但她毕竟是那样喜欢过班磊的人，她毕竟是夏明超的女儿。

她毕竟是她，夏朵。

这是我第一次如此嚣张地跑去一所学校的门卫室，然后让门卫打电话把夏朵叫出来，并号称是她表哥，有急事。谁想电话接到他们班主任那里，得到的回答是：
"夏朵同学家里安排她去香港念书，一周前已经退学。"

我一把抢过话筒："她已经走了？"

电话那头的人吓了一跳："没那么快吧——你不是
她表哥么，怎么这都不知道？喂？喂……"

夏朵家楼下。安全门。对讲机。

我说我是她的老同学，听说她要走了，来看看她。

估计这几天来看她的人挺多，所以对讲机那头的佣
人没起疑心，而是很熟练地告诉我说小姐大前天跟着太
太到江西的老家看祖奶奶祖爷爷去了，今天回来，不过
应该是中午过后才到。从佣人那里，我得知她是星期五
下午跟着她妈走的，在老家连住了四五天。

所以，她很有可能到现在还不知道班磊的事情。

三个小时后，从出租车上下来的夏朵那一脸轻松愉
快的神情表明，我的猜测是对的。但她看到我从大楼东
侧的阴影里慢慢走出来时，表情僵了一下，然后显然踌
躇了片刻，和她妈说了两句话，大概是叫她先上楼，然
后一脸肃然地朝我走过来。

脚步停下后的开头十秒钟，谁都没说话。

夏朵说："真没想到……你会来。"

我只能对此行目的含糊其辞："因为你要走了。"

她的嘴角弧度僵硬："我还以为你是来看我怎么倒
霉的。"

我没说话。

夏朵说："我只是好奇，你怎么会知道我爸的名字？"

我说："想查总能查到。"

夏朵说："那你现在看到我了，满意了？对了，可能要让你失望，我妈看了你的信之后只是说了我一顿，没有去找我的家教老师算账。他们本来就打算让我去香港念书的——所以你运气不好，举报得不是时候。"

我喉咙发痒，但还是习惯性地把谎言说了出来："我只是不希望你陷得太深，花钱雇人监视和跟踪这一套，不该是你这个年纪……"

她抬手打断："我明天的飞机去香港，时间有限，不想听废话，总之谢谢你来看我。"

我深吸口气，顿一顿，用另一个语调试探性地问："那班磊，他知道你去香港么？"

女孩的眼神暗淡了一下，但很快恢复了那种咄咄逼人的不锈钢般的神采："当然没告诉他，说了又怎么样？他心里没我呵，不会感到心疼的。"

我太阳穴有些发胀，思考之后想到句很傻的安慰的话："那到了那里，你就把他忘了吧，也把我忘了吧，我们两个都不值得你记着。"

夏朵笑了，反问我："你怎么好意思把自己和他相提并论？他做事光明磊落、有情有义，像个骑士；你呢，说到底和我差不多吧，都想过害别人，都只为自己着想，不择手段。"

我摆摆手："你别讲了。"

夏朵说："我当然要讲，你和他我都不会忘记，一辈子都不会忘记，我祝他以后会更加幸福，至于你……最好，不得好死。"

6 ══════════

夏朵的诅咒显然得到了截然相反的效果，应该不得好死的我还好好地活着，应该更加幸福的班磊却半死不活。

当然，不得好死的人还有那个肇事司机。在我和夏朵见了最后一面的两天后，逃窜多日、有家难归的他终于承受不住良心的拷问，走进警局投案自首。

学生们知道这个消息自然群情激奋，纷纷在联名信上签名，要求严惩肇事司机，还受害者一个公道，给那些破坏城市交通的家伙们一个警示。可不管怎么闹，班磊成为植物人的事实无法改变。今后他是否能一觉醒来，醒来时已是哪一年，这都要看上天的安排了。

学生会的人在学校操场上拉起"抵制酒后驾车还我道路安全"的签名横幅，打算以后挂在学校醒目的位置。当时我正好路过，尽管横幅前人头攒动，我还是走上去签下名字。

当然也有个别人很不屑，觉得人都半死不活了还在这里搞形式主义，真是没有意义。

如果是放在初中遇到这样的场面，我一定会冲上去和说这种怪话的家伙打个你死我活。但今非昔比，我只是很平静地看了那人一眼，然后转身走进大楼。

既然很多时候我们不能宽恕自己，那不如宽恕别人。

我是来三楼地理爱好者小组活动室报到的。但说是报到，其实是不请自来。学农结束之后，我依旧在剪刀小组打下手，按理现在不必来，除非是有什么特殊情况要报告。

龙虾见到我也略显意外，让我把门关上，问："怎么了？"

我没说话，却从怀里摸出一根很细小的环形锁。

这间办公室的门是双拉门，左右门扇各有一个门环。我用环形锁"咔嗒"一声同时锁住了门环，然后转身来到办公桌前，还没等他反应过来，藏在手掌心里的小剪刀就剪断了座机的电话线。

"你这是干吗？"

龙虾意识到我现在和他都被锁在了这间办公室里，也失去了和外界的联络。一般这都是丧心病狂的恐怖分子劫持人质时会做的事情。

我朝他摆摆手："龙老师您别担心，我只是不希望别人打搅我们。"

说罢，拉了张椅子在他桌子前面坐下来。

从我现在的角度，可以看到他身后的那扇窗户，临近五月的阳光很舒服地照射进来。下面就是那片操场，有课间休息的学生，有那段签名的横幅。如果有人运气好或者特别细心的话，会发现那百来个签名里，有一个不是真正的人名，而是签着两个掌心大的字——

"尾巴"。

"龙老师，我已经查出来了，高二（1）班的班磊现在之所以会躺在病床上变成植物人，并不完全是遇到酒后驾车的意外因素造成的。"

说到这里，我努力让自己的声音听起来平静如常，但却困难重重：

"是尾巴害了他。"

第十四章 大局已定

1 ════════

差不多就在我走进龙虾办公室不到两分钟后，教导主任螃蜞也离开东厂一条街火速朝这里赶过来，同行的还有另一个男老师和一个男生。

螃蜞想来也已经是五十六七岁的人，但步伐飞快急促，加上脸色铁青，一路上自然怵到了不少学生：教导主任这种神色，必然是有人要倒大霉。

螃蜞这么十万火急自然是有原因的，在那个男生向他汇报可疑情况之后，他曾在自己办公室里打内线电话给龙虾，却是忙音，再打另一部外线电话，又是忙音。两部电话不可能一个人同时都在打，必然是出了状况，于是便赶来了。

名义上的"地理兴趣小组活动室"大门紧闭，螃蜞敲了几下门，叫着龙虾的名字，同时却已掏出钥匙试图开门。

教导处和尾巴小组的人员向来信息共享，双方的主管都握有对方办公室的钥匙，以备不时之需。可惜这次的不时之需相当棘手，因为门被反锁了，而且敲门声之后，得到的应答声果然是林博恪的："庞老师您别担心，我只是想跟龙老师好好谈谈。"

螳蜋这辈子恐怕跟太多的学生"好好谈谈"过了，所以这只会引起他的自嘲和更加的紧张。好在接着又传来龙虾从容不迫的声音："老庞，没事，让我和小林单独待一会儿吧，他不会出格的。"

螳蜋皱皱眉头，让那个男生和男老师先回去。但他自己还要在这里等，等到一个真相大白，等到一个水落石出，等到一个束手就擒——他当然不相信里面那个男生不会出格，或者不会做出有损于尾巴计划的事情。

螳蜋要是会随便相信学生讲的话，那他就不是具有二十年丰富经验的教导主任了。

2

听到外面没什么动静了，办公桌后面的龙虾把目光收回到我身上，语气却不急不缓："前面，说到哪儿了？"

我在椅子上正襟危坐，丝毫不像一个列举罪证的人，倒像是在上一堂有生以来最认真严肃的课：最开始引起我怀疑的，是班磊车祸之后，我去找一个曾经暗恋过他的外校女生，因为说来很巧，我父亲生前和那个女孩的父亲是好朋友，所以认识；当时她快要去别的地方念书了，我在她离开前两天最后见了她一次，本来想告诉她班磊的噩耗，但最终还是没有狠下心，不过，她无意当中却说了一句话——

夏朵当时说的是："你和他我都不会忘记，一辈子都不会忘记，我祝他以后会更加幸福，至于你……最好，不得好死。"

我当时回答她："好死不好死，听天由命吧，但不管你信不信，我也希望班磊以后能再找到一个好姑娘。"

夏朵嘴角很快抿了一下："你不知道么？他们复合了。"

我说："你说什么？"

夏朵说："班磊，和他以前师范附中的那个女朋友，他们复合了，前段时间我朋友正好撞到他们在和平公园那边约会，就告诉我了，看样子应该也没复合多久吧——真不知道他是怎么想的。"

说到这里她眼圈略有微红，然后换了种语气："总之，我认了，我比不过那个穿水手服的小狐狸精，我真的认了。"

水手服。复合。班磊。

这就是夏朵给我的最重要的线索。

等一下。

龙虾听到这里，忽然伸出手打断我，问："你说的这个暗恋过他的女孩，是不是就是马超麟怀疑你瞒报信息那次，目击者声称和班磊在一起的那个外校女生？"

我垂下眼帘："不错。"

龙虾说："这么说来，马超麟怀疑得没错，你的确扣下了举报线索？"

我深吸一口气，承认道："对，但现在说这个没用了，班磊已经是植物人了。"

龙虾摇摇头，眼神有些黯淡："当然有用，这说明了你的诚信问题，也说明了我当初看人的眼光问题。"

说着他手对我轻轻一挥，仿佛自己不是在被控诉和检举，而是仍旧掌握着主动权："你继续讲下去。"

我当时被夏朵的话吓了一大跳，但还没想到尾巴那一层，只是诧异原来班磊背着我偷偷留了一手，而且几乎可以和如来佛祖当年对孙悟空来的"那一手"比大小。

当初为了夏朵的事情，我和他在篮球场摊牌，估计那时他就已经和水手服复合了，并且演技十足地瞒过了我，让我以为他真的看破了红尘，从此不再想早恋。他留的这一手，说白了，的确像个巴掌，真真切切地打在昔日好友——我的脸上，并且回响十足地告诉我：林博恪，你是个尾巴，一个告密分子，我以后绝不再告诉你任何事情。

所以，哪怕当初瞒天过海帮他保密和水手服早恋的事情，哪怕曾经费尽苦心扣下他和夏朵约会的举报消息，其实在他眼里，我早已是个不值得信赖的人了。

因为这个秘密被揭露的缘故，从认识夏朵以来，很多事情的线索就需要重新整理、重新思量。然后我也不知道是哪根筋那么敏感，便去学校图书馆翻了一下班磊车祸那几天的《新民晚报》，找到了那则交通事故新闻。

不看不知道，一看就疑心大起。因为班磊遭遇飞来横祸的地点，既不是他以往回家的路线，也不是去篮球场的方向，偏偏就是前往水手服她们学校的路线，但又不全然是，而是往西偏差了两条小马路，看样子像是为了安全起见故意走的弯路。

跟水手服复合后，班磊一定格外小心，表面看似清心寡欲，实则为惊弓之鸟：一来是防止别的尾巴；二来，搞不好，他怕我还会跟着他。

于是只能去问尚且清醒的另一名当事人。

这是我第一次正式出现在水手服面前，并且也是最后一次。那时师范附中刚放学，在茫茫的水手服大军里，我这身校服便显得有些特别，所以也吸引到了目标的注意力。但她只是多看了我一眼，想装作没事往前走，结果被我叫住了："同学，请留步。"

其实我没指名道姓，但她做贼心虚地迟疑了一下，想要回头，又没敢。我走到她跟前，把胸前的校徽摘下来在她眼前晃一晃，让她明白我的来路，才继续道："我是班磊的朋友，想问你一些事情。"

她的脸变得越发白了。

凭良心说，水手服的姿色绝对可以给到九十分。以往我跟踪她的时候，更多的是远观她的身材。如今直面相对，总算能看个真切。一句话，即使放在今天，哪怕中学生的审美观发生了一系列改变，水手服依旧能当之无愧地稳占班花宝座，或许还能竞争一下校花的排名。

但，也是这张美丽的脸，引得班磊陷入早恋、离家出走，接着又脚踩两条船，让班磊酩酊大醉，后来却又绕回到她身边。最终，可能还使得他现在无知无觉地躺在病床上。

就是很多张这样的脸，是无数悲欢离合的起始点。

可拥有这张脸的水手服却又是胆小怕事、软弱无能的。朝三暮四、组建船队可能是她的强项，但面对一个脸色凝重的男生的逼问，她毫无经验。她的美貌和手段此时无济于事，因为对方只要一个答案。所以她承认了，承认复合，承认班磊在车祸前那段时间鬼鬼祟祟的，承认他车祸那天本来两人约好一起去看电影。

最后，她也承认，班磊出了车祸之后，她从未试图去医院看望他。

真是无比奇异的女子。

为了奖赏她的这种表现，那场谈话的最后，是以一个耳光作为结束。因为当时是在一条僻静的小马路上，没什么人看到。其实看到也无妨，尽管打女人不是男子汉大丈夫应有的作为，而且我也很怀疑自己是否有资格给她那一巴掌。

但，打了她，我才能释放掉一些压力，去做接下来的一些事情，一些更加重要的事情。

我这一巴掌没有用多大力气，但水手服被打得有些发懵。我看着她宛如带雨梨花的俏丽脸庞，讲："你现在彻底解脱了自由了，继续去勾搭其他男人吧，但以后不要去看班磊。"

永远不要。

3 ════════════

龙虾说："说到现在，你这些都是猜测。"

我点点头："所以我就开始找有用的证据了，很巧，它们就在这间房间里。"

从水手服这里汇总到的情况表明，班磊很有可能当时是被尾巴跟踪的。如果真是这样，龙虾这里肯定有线索。所以第二天在给剪刀小组打下手的时候，我就抽空查阅了尾巴的资料。

　　剪刀小组查阅信件都是在这间地理活动室，这个时候龙虾本人往往是不在的，房门和柜子的钥匙由剪刀小组现任组长暂时保管。

　　由于检查信件时要结合学生资料，所以存放学生资料的那个柜子是开着的。我趁着帮她们抽调资料的机会，翻了一下高二年级的那一栏，结果发现原本应该放在后面的班磊的资料，现在被插在了很前面，这表明近期有人察看过他的档案。

　　但这些都还只是小线索小证据，不能完全依靠。所以我突发奇想，察看了班磊车祸后那几天的学生出勤记录，结果发现高二年级有个男生在车祸后那周连续两天未来学校。这个人我是记得的，当初我代替南蕙成为龙虾的传令兵时，就去给他下达过指令，是个典型的尾巴。

　　而且，这个人在高二（4）班，就在班磊他们教室的正对面。

　　想要单独接触他很容易，那天下午的体育课，就是我们班和（4）、（6）班一起上。碰巧这堂课有一千米长跑测验，我找到他的时候这小子刚从男厕所洗完脸出来，坐在教学楼旁的花坛一角大口喘气。我拿了两瓶廉价矿泉水走过去坐下，将瓶子递给他。

　　他看到是我，迟疑了一下，接过喝了一大口。这是个好信号，他还是认我这个"内部人士"的。他对我道谢，我说不必客气，龙老师关照过我，最近要好好照看你。

男生原本渐渐平静下来的呼吸又变得急促，脸色红中带白："你也知道了……"

说完眼光警惕地看看周围。

我笑笑，自己也喝了口水："这么大的事儿，不敢太声张，放心，内部没几个人晓得，再说你是我们的人，大家一条船，这种时候不会不帮你。"

他叹口气："我这几天老做噩梦，都是梦到，梦到他追着我，然后汽车碰撞的声音，接下来就是一大摊血……"

我抬手阻止他，顿一顿，道："别说了，发生这种事情谁都不想的，你只是，只是在执行命令。"

说完我起身，把这个可怜蛋留在那里继续受着精神折磨。

真相一目了然。

龙虾听到这里，拿起茶杯喝了口水："兵不厌诈。"

我说："事情的真相现在很清楚——我们的尾巴跟踪班磊，结果被他发现。班磊想要反过来抓住对方，两个人都骑着自行车，于是展开追逐。班磊的车技很好，按理不会出事，但事有不巧，偏偏在逃遁和追捕的路上遇到了那个酒后驾车的疯狂司机。那个命大福大的尾巴当时逃离了现场，且心有余悸，精神受到打击，所以一连好几天没来上学。"

龙虾终于松口："这是意外，也是一件丑闻，我们不得不保密。"

我说："这不是丑闻，这是错误，从一开始就是天大的错误。尾巴小组的行事作为尽管有些阴险卑劣，但客观地说是为了学生的未来着想，让他们心无二用好好念书。可是这些都有一个底线作为前提：不让任何人受到人身伤害，因为人命大于天，要是连命都没了，还谈什么读书考大学？班磊的事情虽然意外成分居多，但归根到底，尾巴小组已经染上了本不该有的鲜血。"

龙虾扬扬眉毛，看看门上的环形锁，再看看桌上被剪断的电话线："那你现在想怎么样呢？显然你没有教训那个尾巴，那看来你是来找我算账的，对么？"

坐在椅子上的我纹丝未动："他是在执行他的任务，就像我当初那样，所以我不怪他，换成我，也会急于摆脱目标；我也不是来找您动粗的，我来这里，只有一个请求——

"**解散尾巴小组。**"

龙虾没有丝毫的犹豫答复我道："不可能。"

4

螳螂此时差不多在门外等了有足足半个小时，各个班级都已经开始上课。但他耐心很足，红双喜一根接一根地抽，连房间里的我也明显闻到了一股烟味。如果偶尔有老师或者课间上厕所的学生经过和他打招呼，看到他此刻的焦急样子，定然会好奇。但他全然不顾，现在大概全把耳朵和心思放在这扇门背后了，等着万一有什么大动静，就立刻破门而入。

教导主任这么紧张，是很有必要的。之前那个跟着他过来的男生，就是极度善于察言观色的马超麟。

后来我才知道，在我出发来找龙虾的路上，曾经和一个学生不当心撞了下，掩在外套下的环形锁掉了出来。当时人不多，但这一幕恰好被路过的马超麟看见。他起了疑心，索性跟着我。在横幅签名的地方，他又看到了我签下的那个名字，觉得情况极其可疑，最后发现我一脸肃然地进了龙虾的房间。

结合最近班磊的事情，加上很久之前他就对我存有的怀疑，马超麟断定了要出事情，于是立刻去东厂一条街找螃蜞。

此刻在尾巴的办公室里，龙虾反倒不像外面的人那么神经高度紧张。哪怕在他拒绝解散尾巴小组之后，我威胁要对外公布真相，龙虾也是有条不紊地讲："公布真相需要证据，你有可以公布的证据么？"

的确，想要在学校的地盘上拿到尾巴小组的物证是不可能的。只要我走出这个房门，甚至不需要半个小时，这里所有的资料、档案统统会被转移或者销毁，而我自己手头根本没有哪怕一张纸的物证。

龙虾很聪明，所有要传达的命令，全部是口头的，不会留下痕迹。

至于人证，呵呵，简直是痴心妄想。尾巴和剪刀小组绝不会有人愿意站出来为我作证。他们都是被告，没有任何理由和我站在一条战线上。就算我一一指出我所知道的尾巴成员，也无法证明。普通师生肯定会以为我是个满脑子幻想的疯子和神经病，竟然能想出这么荒谬的事情来。

相反，光是凭现在我把龙虾锁在办公室和剪断办公电话线这两条罪行，已经足够让我被门外的螳螂提到教导处吃警告处分了。

龙虾看出我的弱势，从桌子后面慢慢走过来，拍拍我的肩膀，讲："真相是最无关紧要的，证据才最重要。"

我说："班磊是我初中最好的兄弟，他现在变成了植物人，就是最好的证据。"

龙虾说："他的事我也很抱歉，但你还清醒，你还要面对高三和高考——难道你忘记了自己还有加分考的名额了么？"

房间里陷入一阵沉寂。

片刻，我打破了沉默："龙老师，您还记得我有一次抓获一对早恋情侣，我们一起看到他们的处分警告贴在黑板栏上，您当时问我的话么？"

龙虾说:"记得。"

他当时问我的是:"老实说,为了这些人,你心里
会有忏悔么?"

林博恪当时的回答坚定而自信:"报告老师,从来
没有。"

龙虾若有所思地点了点头,讲:"我也没有。"

这是我们唯一一次关于尾巴的行为正确与否的讨
论,只有短短三句对话,却让我一直都没怎么怀疑自
己,也不怀疑尾巴存在的合理性和正确性,即便有时候
我会对那些遭到处分的情侣略感歉疚。

但现在情况截然不同了,我要消灭尾巴。

如果龙老师不将之解散,那只能由我来做这个恶
人,亲自动手。

我说:"我的答案现在改变了,从知道班磊车祸真
相的那天起开始,每晚我都在忏悔。"

言罢,我从椅子上站起来,从口袋里掏出钥匙打开
环形锁。

守在门口的教导主任看到我出来,掐掉了手上的香
烟。我不禁想起当初刚开始跟踪"马可尼"王丰的时
候,曾经也是在一间类似的办公室,也是螃蜞,还有他
的香烟,以及关于一起班级盗窃案的内部审问。

一切何其相似，但那时，悲剧的命运车轮才刚开始旋转。

螳蜞看看我身后完好无损的龙虾和办公室，一时弄不明白我在搞什么鬼。我第一次面对这个"一将功成万骨枯"的老头有了临危不惧的淡定："庞老师请让一下，我要回去上课了。"

他疑惑而略带恼火地看看我，像是要追究我古怪的行为，龙虾却开腔了："小林已经想通了，我现在送他回教室。他在我这里待了半天没上课，我得和他们老师打个招呼。"

螳蜞将情绪一股脑压在心底，给我让开了一条路。龙虾出门前把门锁好了，还特意拉了拉。于是我、龙虾以及在远处跟着的螳蜞组成了奇怪的队伍，默默地朝楼下走去，目的地是对面高二年级的西教学楼。

但刚走出楼门口，这节课就已经放了。大楼里出来了不少学生，然后人越来越多，充斥于操场、小卖部和行政楼以及天知道什么角落。

几乎地球上每所中学下课后都这样，再平常不过。

但今天不同，此时不同，下课的学生越多，距离尾巴小组的覆灭也越近了。

我看着身边来来往往的学生，忽然停住步子转向龙虾，眼睛一眨不眨地看了他片刻，直到眼眶发涩，才讲："龙老师，对不起了……"

他发现我的情绪不对，似乎意识到了真的有什么严重的事情："你到底做了什么？"

我从口袋里拿出一张小纸片，讲："尾巴小组存在的证据，我已经散发了出去。"

5 ▬▬▬▬▬

在和龙虾彻底摊牌的前一天下午，龙虾还不知道我和班磊的关系，更不知道我已经获悉了车祸的秘密。当时我的身份依旧是给剪刀小组打下手。

这天外面寄来的信件碰巧很多，剪刀们忙得不亦乐乎，注意力当然不会在我身上。我看上去恪尽职守：用特制药水拆信，将信封和信纸用别针别好交给女孩们审阅，再将已经检查完的信件重新塞好并封口，其间偶尔帮她们从柜子里拿一些学生的资料。

她们当然不知道，我的裤子口袋里还放着一叠小纸片，形状细长如工资条，展开后长达十五厘米，此刻都被折得很短，大小如大拇指指甲盖。每当我将一份检查完毕的信纸塞回信封时，都会偷偷将一枚"指甲盖"一起放进去，然后快速封口。

我的动作十分隐秘，昨天晚上在家里演练改进了很多次，所以没有人会发现。

纸条的正反面写了很多小字，内容一致，是我花了很长时间一一抄写的：

如果你在信封中拿到这个，就表明你的信件已被学校私下截查过，同时学校里还有一小批人会在放学后跟着某些人回家，只为遏制早恋。如不信，可询问今天收到信件的其他学生。我冒险揭发此事，所以请不要犹豫，去告诉家长和新闻媒体。

这些字条跟着那些信件很安稳地度过一夜，然后翌日上午会被剪刀小组的人亲自送到门卫室，一一塞进开放式的班级信箱。

而当我拿着环形锁和小剪刀踏进龙虾办公室时，正好就是各班学生陆陆续续开始去门卫室取信件的时候，而且往往是一个人顺手就把整个班级的信件都带回教室去了。

所以，等我在龙虾的办公室拖延了足足一节课之后，学校里至少有一大批人已经看到并且私下流传了这些纸条证据。

此刻站在操场上的龙虾接过我的字条，展开看了一会儿，忽然脸色铁青，然后急转身，朝不远处的螳螂使了一个眼色，直指门卫室。

螳螂何等奸猾，瞬间就明白了他的意思。多年后，五十多岁的教导处主任撒开腿往校门口飞奔的场景对我来说仍然历历在目。但他跑得再快也无济于事，门卫室的班级信箱里大部分信件已经被取走，并且不断有神色慌张的学生过来找有没有自己的信件，显然也是知道了神秘纸条的事情。

尾巴的暴露已成定局，阴暗角落里的产物大势已去。

其实让螃蟹赶往门卫室的龙虾何尝不知道这点呢，他看着教导主任的身影消失在大楼拐角处，然后转回身来，脸上的表情复杂得难以言说。操场上有走来走去的女生和抓紧时间打球的男生，但他完全像是站在另一个时空的人，只是盯着眼前的林博恪，宛如一个刚吞下毒药的人在看那只空空如也的毒药瓶。

的确，我的所作所为毒死了眼前的这个男子，这个尾巴小组的创建者和指挥者。而在最后的时刻，他用沉默为自己争得了最后的尊严和气度。

什么也没说，什么手势也没做，龙虾静静地转过身，朝我们刚出来的大楼走去，朝那间地理兴趣小组活动室走去，朝尾巴小组的老巢走去。

龙虾当然看不到，就在身后，我朝他躬身四十五度，低下了头颅。

这是林博恪第二次、也是最后一次向他鞠躬。上一次还是很久以前，龙虾得知他营养不良，所以悄悄塞给他食堂饭票。

那时的林博恪，还是一个野心勃勃的尾巴。

那时的龙虾，对一切运筹帷幄。

此刻，都不同了。

第十五章　谈判无条件

字条一传开，全校上下立刻陷入蜚短流长的谣言和忐忑不安的猜忌之中。几乎所有的人都在猜测这些字条上内容的真假，结合那些已经被抓获的情侣的案例，相信的人越来越多，连外校很多学生都知道了。

此外，一些传言接踵而至：某班那个时常爱打小报告的人在校外被打了，导致三天没来上学；一些报社和电视台派记者在校门口附近游弋，试图采访学生；传说教育局的人也介入了，而且还成立了调查小组，然后又传言校长要被调走、某年级班花在家割腕自杀……

总之，人心惶惶。

学生们在这之后的相当长一段时间里，在回家的路上总是像爱情电影里和恋人分别的场面——三步一扭头，十步一回首。

　　但紧接着不久，学校就正式出来辟谣：没有人被指派私截信件，更没有人被授意在放学后跟踪别人回家。那批信件中的字条，全部都是某个学生唯恐天下不乱的恶作剧：他偷取了化学实验室的药品，趁门卫室的人不注意盗走了前一天抵达的信件，然后塞入字条，翌日放回各班信箱。学校宣称目前已经抓住了那个学生，但从其个人声誉和前途着想不公布个人信息，只是秘密给了留校察看的处分……

　　至于传闻中已经对此极为关注的报社和电视台，压根就没有派任何人过来。学校为了打造区重点的品牌，之前每年都要花不少钱招待各路媒体人马。在1997年这个网络不发达的伪信息时代，在这样一个关键时刻，后者齐刷刷地选择了无为而治。

　　更加令人寒心的是家长方面的反应。原本我以为会有父母领着孩子来学校质问或者学校电话被打爆的局面没有出现。

　　只是有那么十来个爹妈打电话到学校，心平气和地问是不是真有跟踪和检查信件这么回事。学校当然说没有，结果家长们最典型的反应就是：

　　"有也没关系，听说你们是为了防止早恋。学校对孩子的未来这么认真负责，我们做父母的很欣慰，如果以后我们家小孩有什么可疑情况，请老师一定及时告知。"

　　一个家长更加直白，说以前拆过她儿子的信，结果那小子和父母大吵一顿，并且以后都让对方把信寄到学校；现在好了，学校要是发现有他的信，请扣下直接寄到他爸单位。

如果这些父母得知了班磊的事情，大概他们就不会表现得这么一致了。可惜的是他们永远也无法知道了，因为当我在利用剪刀小组达到了曝光的目的之后，原本还要有进一步的动作，打算将尾巴的细节和案例一一公布出来。谁想当天傍晚，我就被请到了行政楼的校长办公室。大楼走廊里都是神色紧张的行政管理人员，以及眉毛紧皱的年级组组长和班主任之类的人物。

这是一次严重的公关危机，有得他们忙了。

我这样想着，面无惧色地踏进了办公室。

那是一件很宽敞的房间，布置得舒适而高贵。而桌子后面的那个人既熟悉又陌生，是分管教务的副校长。在接下来的两分钟里他直截了当地告诉我，经过讨论决定，要么我对尾巴的事情保持缄默，这样能转到另一所区级重点中学继续念书，要么将以某项捏造的罪名被开除学籍。

鉴于他给了我两分钟的威逼利诱，我还给了他两分钟的沉默抗议。

副校长微叹口气："我们大家都可以退一步，剪刀小组我们会撤销，尾巴的活动我们也会尽量约束，龙老师也已经在办理换单位的手续；但你不能再多说一句话，也不能留在我们这里。其实给你安排的新学校很不错，重点排名一直紧追在我们后面，在那里你也许还能进精英提高班。"

我还是不说话，怒目而视。

他从烟盒里拿出支中华，却没点，而是用它指了指办公室左侧墙上的一扇小门："因为你的胡闹，搞得我现在很忙，你可以先去隔壁房间好好想一想。"

我这次倒是笑了，起身，却是往大门走去。

副校长说："转学是件大事，为慎重起见我们把你妈也请来了，工作时间把她找来，我们也很抱歉。"

我没想到他们动作会这么迅速，彻底懵了，宛如断了电源的机器人瞬间卡在那里。

与此同时，"嚓"的一声打火机响，副校长在我身后点燃了香烟，语气里好像带着来自海底深处的巨大水压："她现在就在那个房间里，等你过去。"

2 ▬▬▬▬▬▬▬▬

和我的固执相比，龙虾离开得更有尊严和气度。

校方显然动用了大关系，让他去了一所市郊的寄宿制中学——那里的学生不必每天放学回家，所以，尾巴也就没有了用武之地。因为那所学校也是非常有名的市级重点，所以不明真相的人全以为这是一次高升，学校还像模像样地给他办了一个小型欢送会。

我不知道当时龙虾是以什么样的心态去参加那个仪式的，当时又是什么样的表情。反正当初的尾巴和剪刀们肯定也去了。

作为创始人和总指挥的龙虾一走，剪刀小组就这样覆灭了，曾经触手无处不在的尾巴小组也转入了冬眠期，像一只潜入海底沉睡的巨型章鱼。至于它是不是会苏醒过来，已经不是我能再去关心和影响的了。

至于我自己的去留……说来愧疚，在揭露真相的战场上，我终于还是丢盔弃甲落荒而逃，选择了转校。

我离开的时候，是悄无声息地进行的。班级里面没有欢送仪式，没有送别的礼物，甚至没有什么征兆：前一天我还像没事人一样坐在教室里上课、到老师办公室拿本子、中午的时候参加班长会议，但是我知道，明天起我就再也不会来这里了。班主任一定会在明早的晨会时说，原班长林博恪因为私人原因转学了，然后指派副班长上位顶替我。与此同时，班级里那群喜欢拿我恶作剧的反对派们既在心里高兴叫好，同时又在惋惜失去了一个绝好的作弄对象。

出人意料的是，当我那天下午上完在这所学校的最后一堂课，收拾完东西走出西楼时，一个分外熟悉又令我厌恶的声音在身后响起："既然是最后一天，不在学校里多转转么？"

转身，是马超麟。

当初龙虾的告别仪式，据说绝大部分尾巴和剪刀小组的人都去了，但唯独元老级别的马超麟没有出席，借口是"高三学习太忙"。其实我想不过是因为龙虾已经失势，不再有利用价值和威信罢了。相比那些还没得到什么利益就被迫遣散的成员，马超麟绝对可以安心地做一个袖手旁观者。

但现在他却出现在我面前，令人诧异。

"是来看笑话的么？"

我边说边握紧拳头，做出在这所学校的最后一天打架闹事、来个不平凡收场的决定。

反正现在我痛揍他一顿，明天也不会被带到东厂一条街。

马超麟笑笑："你一走，这里就没笑话可以看了——我是想请你吃顿饭，给你送行。"

3 ══════════

马超麟请客吃饭，这样的稀奇事以前可谓绝无仅有。

那时候的很多高中生还略微知道点革命京剧《红灯记》里男主人公的唱词"鸠山设宴和我交朋友"，就是赴鸿门宴的味道，基本上和马超麟请我吃饭有异曲同工之妙。

可我不怕，我不信他能把我如何，去就去。

地点就在学校附近的一家还算干净的家常菜馆子，三荤两素一个汤，摆满一小桌。马超麟以茶代酒，讲："来，林博恪，我们两个当初不打不相识，为了这个，今天能请到你，也算是我的面子大。"

说完他喝了口茶，我却没动杯子："既然不打不相识，你马超麟的为人我也知道；他们说龙老师走的时候你没去送他，所以你是绝不会因为捐弃前嫌请我吃这顿饭的——你说吧，有什么事要利用我？"

马超麟笑得更加虚假了，眼睛几乎都找不到了："怪不得你会做出曝光尾巴的举动来，你这脾气……呵，好，那我就直说了。"

他放下筷子，身体完全转向我，神情认真地道："南蕙当初走之前，跟你说过什么了吗？"

幸好我当时没在喝水或者吃菜，否则会因为这个问题当场噎死。在我的记忆当中，南蕙和马超麟似乎没有什么接触和交集。一个是剪刀组长，一个是资深尾巴，当年可能一起共事过，后来都是龙虾的左膀右臂，只不过负责传话的尾巴分别是两批人。而且后来马超麟高三了，就渐渐退出了事务。

我夹起一筷子酸辣土豆丝，在嘴里慢慢咀嚼片刻，道："她走之前说过不少东西，和尾巴有关的，或者和尾巴无关的，你想听哪条？"

马超麟的眼睛自始至终没有离开过我："关于她喜

欢的人。"

我真的被呛到了，咳嗽了几下，拿起餐巾纸擦擦嘴，然后咧开嘴笑了起来："我没听错吧？南蕙这样的人也有喜欢的人？开玩笑么？"

马超麟没回应。

我又咳嗽了几下，继续道："还有你，你居然会关心这种问题，就为了这个还花钱请我吃这顿饭？真搞不懂你。尾巴和剪刀现在都没了，再过一个多月你自己都高考了，马超麟，你还关心这个干吗呢？你就真的变态到这个地步了么？嗯？"

他气定神闲地听我把这么直白的话讲完，沉默了一会儿，又抿了口茶，才讲："既然你我都是跟这个学校快没瓜葛的人了，那我就告诉你一个故事吧。"

我又夹了一筷子菜，朝他抬抬手，做出一副你爱说不说我自管自吃饭的样子。

马超麟说："以前有个初中小男生，暗恋他们学校的一个女生，犹豫了很久很久，就写了一封短信，你也可以看作是情书，就托了一个关系比较好的同学交给她，因为那个时候他很小，很害羞，家教也很严，把信交给那人之后就逃到厕所去了。结果呢，没想到他那个同学是个坏种，把那封信在教室里当众朗读……"

说到这里他的嘴角有些小抽搐，就停止了讲述，继续喝茶。

我嚼着牛肉，看看他："没了？"

马超麟脸色苍白："没了。"

我点点头，装傻："那个朗读情书的混蛋就是你？"

他坦然地笑："我是那个写信的人，那个本该拿到信的人，就是南蕙。"

那块牛肉真老，我嚼了一会儿就把它吐了，擦擦嘴："你们两个人都很出乎我的意料，龙老师一定不知道这些事情的吧？"

马超麟摇摇头，然后转回正题："这几年，我们一起念了初中和高中，一起进了尾巴和剪刀小组，可我从来没有放下来过那些，那些东西……她知道我是怎么想的，可就是不跟我说话。我一直有种感觉，她其实也和我一样，有喜欢的人，但我一直没能查出来，你也知道的，她很聪明，又清楚我们的办法，我只能大概圈定了五六个人的范围，推敲了又排除，排除了又推敲……我知道你肯定不是，但你和她接触比较多——而且她走之前，我特意去看她，问起这件事，她却说，你林博恪知道她喜欢的是谁……"

我本来还想装傻到底，听到这里一头雾水。南蕙显然是很讨厌马超麟的，但她为什么要这么说呢？难道想让我讲出她和陈琛的事情？这说不通啊……

马超麟从未如此恳切地看着我："我没有骗你，她还说，如果你不相信，就说一个关键词'数学方格本'，你就信了。"

数学方格本是南蕙走前亲手交给我的，说明南蕙的的确确跟马超麟说过这番话，可我百思不得其解。

我机械地嚼着嘴里的食物，看着饭馆收银台后面的柜子上摆放着的很多酒类，忽然心生一计，不由得佩服南蕙的料事如神。我立刻叫来了店里的营业员："来瓶红星二锅头，要那种小瓶的。"

白酒很快就拿来了，还有两个小口杯。马超麟对服务员说一个杯子就够了，我却抬手阻止说都要都要。然后将两个杯子灌满了酒，将其中一个拿到他的面前。

我说："喝了这杯酒，我就给你那个名字。"

马超麟有严重的酒精过敏，当初我就利用过这个弱点让他进了医院。据说，马超麟喝酒之后，浑身会肿得像个柿子。

"我不能喝酒。"

"知道，但你不想要那个名字了么？"

他看看我，我看看他。

马超麟眼睛闭了一小会儿又很快睁开，咬紧牙关，捏住那个小杯子，仰头，那些对他来说宛如生化武器的酒精全都下去了。

有魄力的孩子。

我却没有像他那样拿起酒杯，而是拿起了书包，讲："原来你这样的人，也有过爱情呵。"

言罢，头也不回地走人。

马超麟在我看来已经够恶心的了，他过敏的惨状我更不想看了。

4 ═══════════

翌日，第一人民医院。

班磊的母亲对学校近期发生的事情一无所知，其实就算知道了也无法联系起来。他们全家一直沉浸在哀痛的氛围里，对于儿子之外的世界已经毫无兴趣。医生说植物人还是有清醒过来的可能，只要不放弃希望，同时多和他说说话，也许就会出现奇迹。

因为这个缘故，当我表明了自己是班磊初中好友的身份之后，他母亲毫无猜疑地表现出了欣慰，并且允许我以后每个周末都过来一次，和他单独"聊"上半个小时。

躺在病床上沉睡的班磊的确像一株植物那般安静而无害。至少这一刻，他的生活当中不会再有那个忠贞程度大打折扣的水手服，不会再有跟着他回家的尾巴，不会再有欺瞒和背叛，只剩下单纯对奇迹的渴望。

而我，他昔日的伙伴和对手，现在心平气和地坐在他的旁边，已经不再是一名尾巴，更不是原来那所学校的学生。

我只想每个周末来看看眼前的班磊，跟他说说话，为他读几页小说，便已知足了。想到这里，我从书包里拿出那本《霍乱时期的爱情》。书的扉页上用透明胶粘着我学农前剪下来的那一缕头发，乍一看有些可怖，背后却意义非凡。

这是一本老想送给夏朵，却始终没有送出去的书。

不知道远在香港的她现在怎么样了，会偶尔想起自己暗恋了很久的那个男生么？或者，会想起那个曾经告发过她的叛徒么？

一切成谜。

记得和夏朵告别那天，我从她口中得知了班磊跟水手服复合的消息，过了好半天才恢复了平常的神智。夏朵见我表情古怪，不想和我再多说，正要转身上楼，我急忙叫住她："为了弥补我的过错，如果你最后有什么话要对班磊说，我可以转达。"

她明显犹豫了一下。从眼神里我读到她的确有话要说，但鉴于我曾经告发过她，所以显得不是特别信任。

我知道此刻说什么也没用，只是坦然地看着她，让她自己来决定。

夏朵最后还是开口了："被他拒绝之后我有一次喝醉了，就打电话给他，他一直很好心地劝我，然后说，他这辈子有个最好的朋友，是初中时认识的，现在也和他在一所高中，可惜那个人暂时去了个很远的地方。他说哪天那小子要是回来了，一定把他介绍给我——我当时喝醉了，火很大，就挂了电话再也没有联系过他，现在想想，呵呵……你可以代我去谢谢班磊，就说，就说他的好意我心领了。"

言罢，女孩低下头，转身走了。

这就是我注视夏朵的最后一眼，和龙虾一样，也是背影。

当我离开的时候，原本站着的地方多了一只空着的塑料瓶，正是我一直拿来装白开水的那一个。

我停止回忆，看看班磊沉睡的脸，嘴角绽出苦味的笑意。

原来，你小子最初是这么打算的呵……你的好兄弟现在回来了，你也早点回来吧。

班磊没有回答。

好吧，我们继续来读小说。

我又自言自语了一句，把书翻到上次结束的地方，轻缓地开始念起来：

这个世界上，没有比爱更艰难的事情了……

Finale

焚烧的真相

1 ═══════════

2010 年，11 月。

一百四十周年校庆，无比自豪，无比荣耀。

学校在今年校庆之前一定广发请帖，所以这一天学校停课，校园里游人如织，好不热闹，从七八十岁走路颤颤巍巍的高龄校友到十八岁刚刚高中毕业的大学生，甚至据说还有躺在病榻上的百岁华侨让孙子孙女代替自己回国前来重游故地的。

而看着操场上一群群年纪足以做你爹妈的中年男女在那里拍照怀旧，真是滋味怪怪的。

和那些满面笑容或者感慨万分的校友不同，我一个人慢慢地走在学校里，没有人注意到我，也没有谁认得出我。因为今天来的人里，像我这样三十岁上下的却不多。可能因为今天不是周末，而这个年龄段的人大多在奋力打拼事业吧？

而且，和我一样年龄的校友，之前应该多多少少都回来过一两次的，不像我，是高二那年转学之后第一次回到这里。

这个地方，我可以坦然地称之为母校么？

真难。

东教学楼看上去还是那么陈旧，但和已经流失的岁月相比，和我们相比，它此刻又显得年轻了。在三楼的某个房间门口，挂着"储藏室"的牌子，门把上挂着环形锁，看来很久没用了。

多少年前，它还被叫做"地理兴趣小组活动室"。

多少年前，它的门背后藏匿着很多人的秘密和心机。

多少年前，它曾被一个叫林博恪的男生锁过一次。

正要伸出手去抚摸一下看似冰冷的把手，一个声音叫住了我：

"林——博——恪？"

手指还是触到了金属门把手，冰冷，光滑，像尘封多年的记忆的尸体。

终于，还是会遇到故人的，而且是在这样的地方。

我没有转头，叹了口气，问了一个名字，但没有得到回答。

我转过身去，看到一个个子娇小却打扮得很有气质的女子站在那里。她皮肤保养得很好，身上的衣服简约而大方，在市中心的商业广场附近你能看到很多这样白领打扮的女子。

只是，她无框眼镜后面的眼神，依旧镇静冷漠。

2 ════════

正像我曾经想的那样，南蕙后来一路走着顺道：从国外交流归来，考上名校，做了学生会的负责人，然后保送研究生，毕业，进了外资企业，现在是部门的经理。

当然，唯一让她意外的，就是尾巴的秘密被林博恪捅了出来。

南蕙说："你很不错，我只在国外待了几个月，回来时剪刀小组就已经没了。"

我跟着她漫步在校园操场的一角，却没有回答她的话，转而问："今天怎么就你一个人？你们班其他人呢？"

南蕙说："很多人要下班后才赶过来，晚上据说有文艺晚会和校友座谈，还请了电视台的人。"

我笑笑："看来，我在这里不能待太久——对了，马超麟会来么？"

她耸耸肩，一脸无所谓状："他现在不得了，美国留学回来，做了工程师。"

我想起多年前曾和马超麟喝酒的事情，讲："多谢你出国之前对他说了那句话，让我后来有机会用酒精报了一箭之仇。"

南蕙对以前的事情记得很清楚，几乎没用什么时间来回忆和反应："我那时候还担心你能不能猜中我的用意，你这人有时候就是大愚若智；对了，你后来去哪里了？这十三年来，从来都没打听到过你的消息，他们说你人间蒸发了。”

我说我高三之后进了所大专，然后去外地工作。前两年母亲病故了，家里也没个人，就搬了回来。

南蕙说："对不起。"

我说："我妈是积劳成疾的，不过那时我们家已经偿清了所有的债务，所以，所以她走得很安心，脸上还是笑着的。"

她点点头，犹豫了半晌，说："班磊的事情，我也很难过。"

我转过身看着南蕙："你知道了？"

"对。"她把手插在风衣口袋里，"是本科毕业之后的老同学聚会，无意中听人说的……"

我没看她，而是蹲下，轻轻拔着操场边上枯黄的草。

班磊最终还是没有苏醒，反倒是在我大学二年级的时候，在某个平静的夜晚离开了人间。在那之前，我每个星期都会去看他。但他死了之后，我对这座城市就不再有什么依恋。专科三年级找工作的时候，外地的一家外企要人，我毫不犹豫地就去报名了。

这一走，就是好几年。

而这些年来，也一直没有夏朵的任何消息。

南蕙见我没说话，深吸了一口气，道："其实，有件事情应该告诉你的，但是我一直没有机会。"

我抬起头来："什么？关于陈琛？"

她摇摇头："关于班磊，车祸那天，他之所以引起我们的怀疑而被跟踪，不是因为我们截获了什么消息，是有人举报的。"

手上的碎草叶顷刻从指间落下。

"谁……"

"你曾经抓过的情侣之一，'汞'，巫梦易。"

3 ═══════

当年我转校之后，剪刀小组解散，但尾巴小组没有立刻消失，而是在另一个老师的指导下延续了一年多，但活动更加隐秘，没了剪刀小组的帮助，得到的线索也很少很少。

尽管如此，剪刀小组当年留下来的资料还是保存完好的。南蕙国外交流回来之后，又帮助龙虾的继任者整理这些东西，于是在旧资料里接触到了一封匿名举报信。

信的内容很简单：

高二（1）班的班磊可能在违反校纪校规谈恋爱，

本人亲眼见过他和一个外校女生走在一起，对方穿着水手校服，可能是××学校的，希望老师尽快予以重视。

南蕙后来在残余的尾巴小组里问了一下来龙去脉，得知此信是被偷偷塞在（1）班班主任的抽屉里。这封信到了龙虾手里，他立刻就派人去跟踪了，于是就有了后来的那场车祸。

如果事情的发展只是到这里，那么举报者的身份便将一直是个谜，南蕙没有时间和精力作笔迹对比来查明真相。

不过她还是多了个心眼，将那封信复印了一份，私自保存了下来。

终于，老天开眼，她高三那年临近毕业的时候，很多人都在写"毕业纪念留言册"，本班有个女生请她也写一段，结果她无意中在之前写过的人里发现了一段文字，笔迹和当初举报班磊的匿名信几乎一模一样。

南蕙从四岁起就被父母逼着练习写字，到了高中虽不能说在书法上有什么大成就，但对纸上的汉字笔迹却有了丰富的观察经验。以至于她们班的作业本收上来，南蕙随便往里面扫一眼就能立刻认出哪本是谁的。所以她认准了的字迹，是很难看错的。于是南蕙硬是问同班女生将留言册借来带回家，拿出那份珍藏已久的举报信复印件，花了足足一个小时，一个字一个字地作比对。

　　前剪刀小组组长说到这里神情肃然："我用个人名誉担保，两个人的字迹完全一样。"

　　而写下那段毕业留言的人，正是和班磊同在高二（1）班的女生巫梦易。

　　南蕙作出的判断，我是不会怀疑真实性和可靠性的。

　　但，这次的确出乎意料了。

　　南蕙说："我后来很长一段时间里都在琢磨她的动机问题，唯一合理的解释就两种，要么她后来追求过班磊，被拒绝，于是寻机报复；要么就是……要么就是自己不幸福，也不许别人幸福。"

　　我看着落在地上的枯草，一股寒意同时从心底和脚底涌上来。

　　"她……她后来怎么样了？有联系么？"我问。

　　站着的女子摇摇头："她那年落榜了，复读，后来听说去了北京念书，就一点都没音信了，她当时在学校也是个闷声不响的人，失去了联系很正常。"

　　我喃喃自语："闷声不响，闷声不响才是最可怕的，就跟我们一样……"

　　说着从口袋里摸出一盒利群，却半天没把香烟顺利抽出来，索性放弃。

　　自己不幸福，也不许别人幸福。

　　归根结底，一切都是因为我的缘故。

4 ▬▬▬▬▬

回家的路很漫长，很悲凉。

在足球场等公交车的时候，正值放学时段。在人来人往的街角对面，一对穿着校服的小情侣紧紧地搂抱在一起，如果没有看错，脖子上还系着红领巾。我无法自控地将目光一直盯着他们，直到看见两人的脸贴在一起，这才彻底打消了继续观瞻的念头。

放在十三年前，这是不可思议的事情。

反过来想，十三年前的一些事情放在今天，似乎同样不可思议。

之前还在学校操场上的时候，我告诉南蕙说，2008年我在外地工作时，用闲暇时间写了一部关于当年尾巴小组的回忆录，想要找出版社出版，屡次碰壁。有一家出版社的编辑更是直接拍着我的稿子，怒斥说："荒谬！"那个编辑年纪轻轻，不过大学刚毕业的模样。我们在街上跟踪别人回家的时候，他大概小学还没毕业吧。

南蕙说："这已经不是我们那个时代了。现在谁还写信啊，都用上手机了。所以那个时代的东西，不但注定会被消灭，而且会被人遗忘和掩埋。"

她是对的，也是错的。

回到家，冷冷清清，空空荡荡。

这两年，孑然一身，无牵无挂。

和南蕙在学校分手告别的时候，我注意到她的双手十指无任何首饰，斗胆问："你现在还一个人？"

她抿抿嘴唇，答案一如当年："我们这样的人，配谈爱情么？"

配么？

我打开书桌抽屉，从最深处拿出一本书。十三年过去了，原本古旧的书也显得更加苍黄衰老。

《霍乱时期的爱情》。

这本书，被我从学校图书馆带走，为昏迷中的班磊朗读过很多遍，陪伴了我大学专科三年，以及后来在外地工作的很多个日日夜夜。

我把书翻到最后那页，已经被电子条形码淘汰的老式借书卡有着一种古董般的气韵。那上面赫然写着巫梦易的名字，初看时刺痛双眼，接下来就是死一般的平静。

我拿起笔，在借书卡空白的地方依次写下一串名字，一直延伸到借书卡之外的书页空白处：

巫梦易（无音讯）

王　丰（无音讯）

陈　琛（已故）

螃　蜞（已故）

马超麟（安好）

南　蕙（安好）

龙　虾（无音讯）

夏　朵（无音讯）

班　磊（已故）

最后一个名字是我自己，没有括弧内容。

然后拿到阳台上，将它放在金属脸盆里用打火机点燃，付之一炬。

陈旧的纸张，需要慢慢燃烧，但我有的是时间。

当年在屡遭出版社拒绝之后，我的回忆录也是被这样处理的。我还记得在那部书稿的开头，写着这样的开场白：

若干年后，和一些同龄人回忆起自己的青春，聊起那时的爱情，有的人认为那是一生中最美妙的时光，也有人为当时恋爱的冲动而后悔万分。

每逢此时，我总是一言不发。

我关于青春的记忆，都是建立在怎样摧毁别人的美好回忆之上。

如果，你真的相信我向你讲述的故事，请你不要愤怒，也不要为谁辩护。

因为那时的我们，其实都在犯傻……

附 录

Others

番外　最后的剪刀

1997 年 3 月下旬某日，陈琛头七。

下午四点四十分。

正是放学的时候呵。她想。

从女生现在所站的窗户角度，可以看到学校的大门。东、西两栋教学楼里涌出一批批穿着校服的学生，陆续地走出校门。你可以在任何一所中学见到这样的场景，但唯独这所学校的回家之路要格外漫长。

对普通学生来说，这是一天使命的结束。而对尾巴来说，这是使命的开始。

一路上，会发生很多有趣的事情吧？

相比之下，剪刀小组的任务就单调得多，只是拆信、阅读、摘录，然后重新装封。做这种事情必须得女孩子，心细，手脚轻，而且时时刻刻要留个心眼。

她还清楚地记得，那时她刚进来"工作"不久，有一次，边上一个剪刀成员在拆信的时候，信壳里落出来两根头发丝，约摸五六厘米长。对方完全没注意这个细节，她却观察到了，然后立刻向龙老师报告。理论上讲这十有八九是当初寄信人不小心掉进去的，但万一是寄信人刻意为之的呢？那后果就严重了。

"幸好你眼尖。"她的同伴说。

从那之后，剪刀小组成员拆信，必定戴上白色手套，先将信内的物品统统倒在一张大白纸上，除了信纸之外，其他东西都原封不动地倒回去，哪怕只是一两粒沙子、一粒橡皮屑、一小截活动铅笔芯。

更重要的是，那一次让她在负责人龙老师心中有了印象。加上她擅长观察笔迹，仅仅半年之后，她便已经成为剪刀小组的负责人，不必再做繁琐的拆信工作，而是阅读信件内容，指出需要摘抄的部分，并在本子上作信息记录。她还偶然发现过言情味十足的一封情书，却放在一家文学杂志社的公家信封里。打那之后，类似信件也会被打开检查，无一放过。

一直到今天，直到她要暂时离开这所学校远赴海外，女孩已经记不清自己查验过多少人的文字隐私了：从谩骂、牢骚、发泄、缠绵、暧昧、指责、文学小青年的酸溜溜、家长里短鸡毛蒜皮，到密谋在老师身上的恶作剧，她什么都看过。

倘若有朝一日不幸真相大白，不知道有多少人要恨她到骨头里吧？

现在，她要走了，全身而退。等她结束交流回来，早就可以置身事外了。

可是，那个能和她分享战果的人，已经不在了。

那天传来他死讯的时候，她也是在这间办公室里。当时是星期五傍晚，绝大部分人都回家了，其他剪刀也走了，只有她还在整理最后一批信件和资料——作为剪刀小组的负责人，她是绝对可以信赖的，能够和这些机密独处一室而不必有龙老师在场。

她是不急着回家的，因为即使回去了也不过是做作业、写写毛笔字。她的乐趣是周六去他家探病，和林博恪下的五子棋不一样，她和他总是走国际象棋，规则更加繁复，也更加有趣味，一盘可以下好久，就像小学时他们在少年宫国际象棋班时那样，棋逢对手，一玩就是一个下午。对弈的世界很单纯，只有黑白，没有男女。但每次下完棋，故事就会变得复杂。

大约是将近六点钟的时候，之前一直在楼上开会的龙老师忽然回来了。她回头，第一次在这个运筹帷幄、波澜不惊的男人脸上读到一种奇怪的表情。

几乎与此同时，外面忽然刮起了很大的风，把玻璃窗吹得砰砰作响。龙老师沙着嗓子，说："刚才遇到了（7）班班主任，说陈琛家里来了电话，他……"

办公室的门开了，打断了她的回忆。依旧是龙老师，但表情很正常，带着一丝温婉："就你一个人了么?"

她点点头:"今天她们几个放得早,信也不多,都做好了,都在桌子上。"

他看看那叠资料,放得很整齐,一如既往:"有什么情况么?"

女孩说:"似乎不少。"

他笑笑:"你走了之后,我这里会更加忙了。"

南蕙说:"龙老师,既然我要走了,就说几句心里话吧,这段时间以来,我们虽然发现早恋的学生越来越多,但是从其他学校的情况看来,早恋的总体趋势好像怎么都阻止不了,说句玩笑话,从全局来看,我们这些人真的感觉有些力不从心。有时候我想,这难道就是大势所趋吗?"

对方并没有因为她的实话而生气,相反,他的嘴角弯了一下:"我没有看错你,你跟她们不一样,你很会思考问题。"

说着他也走到窗户跟前,看着下面校门口的来来往往——这些孩子,这些其实未必懂得爱情的孩子,是不会懂得他自己的良苦用心的。价值观,永远是价值观的问题。

如果天下的学生都像南蕙和陈琛这样克制冲动的情感,并转化为相约考大学的动力,那该多好?

当初他相中南蕙要让她进入这个小组时,南蕙用一种大胆到惊人的勇气向他开诚布公，说自己有喜欢的人，就是（7）班班长陈琛。他们从小学开始认识，到初中、到高中，以后还要一起念交大。如果龙老师能接受这种在学习上能互帮互助的情感关系，那最好。如果不能接受，她也可以坦然地面对家长。

他当时就为这个女孩子的气势和胆识所惊讶了，在此之前他以为她不过是个读死书、凡事听命于师长的小干部罢了。于是他去查阅了两个人从初中到高一的成绩排名，发现都没有出过班级前五名，就微微放了心。疑人不用，用人不疑。他不会死抱着信条，因为他要达到目的，就要包容一些东西。他不再是理想主义者，那个理想主义的自己，在若干年前就死了，和照片里的那个孩子一起死了。

就这样，和陈琛有着秘密感情的南蕙进入了扼杀感情的秘密小组，在信件中探索着别人的秘密，同时还要发誓要对陈琛保密，绝不说出这个小组的存在。这是一个秘密套着秘密的女孩，总是面无表情，冷淡而沉着。

他只看到过她失态了一次，就是七天前得到噩耗的那个傍晚，也是在这间办公室里，他告诉她，陈琛忽然病发，突兀地走了。她当时看了他大约几秒钟，嘴唇翕动了一下，说："那我先走了，老师。"

他点点头，说你路上小心。女孩像是什么也没听到，走出办公室，那时她的脚步还是往常的样子，慢慢的，像梦游，慢得让人感到难受，几乎就想扛起她来往陈琛家跑。但她不，就是平时的样子，一直到他把她喊住，喊了好几声才喊住的：原来她手里一直拿着一封待检查的信件，差点就恍恍惚惚地带走了。龙老师这才意识到她精神状态不对，信件也不查了，亲自把她送回了家。

幸好接下来是一个周末，南蕙得以在家调养。学校今年去瑞士交流的事情一交代下来，龙老师便下了巨大的决心帮女孩争取到了一个名额，让她去国外散散心也好。

校门口的人流渐渐稀疏了下来，高峰已经过去了，接下来回家的人都三三两两的，没了刚才的壮观。谁都不会特别注意其中的一个男生，没有任何值得注意的特征，左手提着书包，右手推着自行车出了校门。

但窗后面的她和他都认出来了，这个男孩叫林博恪，陈琛生前的好友，也是继任班长。

龙老师说："小林最近的精神状态如何？"

南蕙说："和我差不多，近期恐怕不适合出任务。"

他点点头。心想有时候世事就是那么无常。陈琛作为一个清除瘟疫计划的局外人，这一离开，却搅动了自己手下的两枚重要棋子。

龙老师说："那最近就先让他负责传话吧——以后的希望，终究还是要靠他们这种人的。"

南蕙说："那万一有一天，林博恪这样的人也恋爱了呢?"

中年男人沉默了半晌,道:"那尾巴和剪刀,就真的走到头了。"

女孩推了推自己鼻梁上的眼镜,转身从窗边走开,谁也不知道她此刻心里在想什么,她只是嘴角微微抿了一下。或许,她已经得到了自己想要的答案,或许,她只是苦涩地自嘲。她打开门,看着窗前的男人,微微躬身,讲:"龙老师,那我走了。"

"一路顺风,再见。"他说,并看着女孩走出门。

应该,不会再见了吧。最后的剪刀小组组长想着。

然后,她便轻轻在背后带上了门。

花絮 《尾巴》背后

长达十一万字的《尾巴》最早是个短篇小说，创作于 2007 年 2 月，字数不过八千，情节和长篇也截然不同。当时和它一起写出来的还有后来大受欢迎的短篇《红双》，结果《萌芽》杂志要了《红双》，刊登于六月刊，而短篇的《尾巴》在经过二稿修改之后被留用。后来王若虚又写出了短篇《马贼》的前传《跑车》，几乎是立刻被《萌芽》采用，《尾巴》就被搁置到了无绝期。

到了 2009 年初，长篇《马贼》即将出版，王若虚想将其连载于《萌芽》杂志，但未获通过，于是决定量身打造一部新的连载，就看中了一直被搁置的《尾巴》。但最早也只是想从短篇改为六万字的中篇，连载五六期。在《萌芽》杂志社讨论之后，《尾巴》的连载周期被拉长到了十二个月，分为三季，每季四期，讲述不同主题。

原本构想中的中篇《尾巴》是从"马可尼"王丰落网开始的，也就是现在版本的第二季"变节预习"。而第一季"冷血功勋"则是打算作为前传部分放在单行本中的。所以有读者抱怨说第一季的人物像是走马灯，其实第二、三季才是主剧情，前四期都是"开胃菜"。

其他细节花絮

1. 当初王若虚将短篇版的《尾巴》定名为《放学，回家》，后来又改为《尾巴》，心里没谱，问张怡微的意见。张觉得"尾巴"不够酷，但后来王忙着其他事情，就没再想别的名字。

2. 尾巴小组的带头老师"龙虾"，其实是作者大学同班同学的外号，此人思维理智、行事有计划（只是最后都没照着计划来），且思想正统。而剪刀小组组长南蕙的名字来源于上海的郊区——南汇区。讽刺的是，南汇一直以"桃花盛开"的景点而闻名。

3. 文中林的学校在当时已有一百二十六年历史，王的高中母校也的确百岁出头。而且该校也的确分为初中和高中部，但没有"原班人马"这一说法。

4. 第一季里林博恪搞丢值勤证那段，为了避免王丰骑车追赶而踢翻一排车子，这个情节本来是打算放在长篇《马贼》里的。

5. 王丰和巫梦易利用图书来传递信息的方法最早出自福尔摩斯的《恐怖谷》，但这不是剽窃，因为作者高中谈恋爱的时候的确用过这个办法，只不过参照物是语文课本。而信中王、巫约好接头的海军司令部，到今天依旧有很多人到此一游。

6. 鲁迅公园（也叫虹口公园）北侧那座树林茂密的小山一直是个不老的传说，除了《尾巴》，在王的另一部小说《若干年华》里，早恋的男女主角也曾来到这里看风景；当然，《在逃》里的陈俊杰和乌小纯也在这里歇过脚，并且就遭遇过一对搂抱在一起的中学生情侣。

7. 班磊原本的代号是"拉瓦锡"，但后来为了迎合爱因斯坦和牛顿捉迷藏的笑话，改成了"帕斯卡"。

8. 和林博恪、班磊一样，作者当年也在进某所学校的第一天因为没有向老师问好而在校门口被罚站，但是高中，不是初中。

9. 一切迹象表明，班磊的女友应该是来自华东师范大学第一附属中学，该校就坐落于四川北路一带，她们当时的校服的确是水手服。只是现在该校搬迁，校服也换了。但水手服同学没有生活原型，纯粹杜撰。

10. 班磊的某些言行是有原型的，比如打篮球吃萝卜干时那句"想想女人就好了"，不过初中的那些历史都是编造的。

11.1997 年的时候，其实电脑已经可以做很多处理软件，是林博恪家境不好，老土，所以诧异南蕙她们用电脑来查阅可疑的电话号码。

12. 第九章林遭遇打劫，里面那个"电烤鸡"是作者某初中同学的外号，但不是混混，篮球打得很好且为人幽默，在这里用他的外号只是为了怀旧。

13. "七中凶，长云猛，兴职的混混乱砍人"此乃杜撰。

14. 很多人都想知道，班磊离家出走的时候，和水手服在那家招待所的房间里到底干了点什么。

与"尾巴"对话——放学，回家

"路人甲"，是他平时上网聊天时的网名。乍一看没什么特别，但到后来仔细一想，这个化名倒是的确符合他曾经的那段经历。最早听他说起这段往事是在 2006 年，完全是当作茶余饭后的吹牛扯淡，听过也就听过了，因为我所接触的圈子里不乏神吹胡侃的"能人"。而且那个时候我所认识的人都不大知道我会写点小说，他就那么一说，也是"信不信由你"的心态。

后来时光一晃而过，短篇《马贼》于 2007 年初在《萌芽》杂志上发表后，我又在记忆当中筛选小说题材，就相中了这个跟踪同学放学回家的故事。当时完完全全是一个单纯的七千字短篇小说：

一男一女两个正副班长受了老师指派，去跟踪同班的宣传委员和体育课代表回家，结果的确发现了两人有恋情，但却跟丢了。两个尾巴于是散伙各自回家，谁知男干部在回家的小弄堂里发现了被小混混截道的目标情侣，其中那个男生已经被打晕在地，女生正要受轻薄非礼。男干部一咬牙上去掩护她逃出去叫人，自己则被捅了一刀，血流不止，在小说的末尾生死未知。

当然，你也许还很聪明、很狗血地猜到了，这个叫林博恪的男班长其实一直暗恋着那名女生。

此短篇虽然被毫无悬念地枪毙了，但这个故事却在我的脑海里有了越发深刻的印象。我也说不清楚是故事本身死灰复燃越看越耐看，还是我自己给自己不经意间施了心理暗示。当然，当年向我讲述这个故事的路人甲得知这个构思已经变成了《萌芽》杂志 2009 年至 2010 年的长篇连载，并且即将付诸出版的时候，我能想象他在网络那头下巴掉下来的神情。据说他还专门跑到书报亭，去买已经中断阅读了多年的《萌芽》(他现在正好三十岁了，已经有了一个三岁的儿子。他在二十一岁时停买《萌芽》)，一买就是最近三个月的。确信我没有诓他，他这才以极为认真的态度给我做了这次小小的访问谈话——从"胡侃闲聊"到"校园小说"到"访谈摘要"，我们倒是越来越严肃了。

甲：你们文人真可怕，居然真的被你写成了小说，还出书了。

我：不要叫我文人，我明明是骚客……言归正传，"尾巴"是你哪一年做的？

甲：高一，是 1996 年，香港回归前一年。

我：上面怎么会想到让你来做的？当时是什么情况？

甲：其实很简单的，没你书里写得那么组织严密。就是我们班主任把我叫到办公室去，问我最近班级里几个学生的动向。我那个时候是副班长，刚升上来不到两个礼拜。她问这种事情也很正常，一般都是问问普通学生，但那天却是问几个班干部和课代表的，这很奇怪。然后她就要我今天悄悄跟着×××放学回家，因为他家和我家有一大段是顺路的。

我：所以你就跟了？

甲：对啊，那时候学生普遍怕老师的，家长也很尊重老师，尤其是老资格的那种班主任，不像现在，新闻里会有什么冲到学校骂老师打老师的，那个时候绝对不存在的，老师可以训家长跟训自己儿子一样。她要我跟，我就跟了，反正我和×××也不大熟。

我：结果呢？跟出什么来没有？

甲：没有，当天是没有跟出结果来。第二天向她汇报，她也没说什么。又过了一天，她还要我跟，我又跟了，还是没结果，就不让我跟了。没想到大概过了一个礼拜不到，那个×××就被叫到老师办公室了，班级里面很快传出来，说他早恋，和我们年级另一个女孩好上了，在公园里亲嘴来着，被其他班级的人撞见了，就"报了官"。但我知道，肯定没这么简单，应该是班主任除了我之外又派了新的人去跟着他回家。

我：那时候早恋的确是个严重的罪名吧？

甲：当然，那是一定的。1996年啊，电视里放亲嘴的镜头都很少，港台歌曲都是被老师认为靡靡之音的，发现你听这个就要打电话和家长沟通。然后那个×××的爸妈就被叫过来了，还有女生的家长。女孩子的家长说那个男生耍流氓，勾引她女儿，两家人还差点打了起来。最后那个男孩子被警告处分了一下，也不晓得毕业前撤销了没有。

我：他们落网了，但你当初没查出来，是不是就失去了老师的赏识？

甲：没有，我那时候也比较圆滑的，老师让我做，我就做；不让我做，闲差也不错。她也没有因为这个就觉得我无能，后来还一直派给我这种任务。于是"放学回家"在我这里就有了另一层含义。

我：一直？到高三毕业？

甲：高二，到了高三就没找我了，因为那时候班主任本来就要换了。我后来算算，一共也就跟了那么五六个人。

我：这五六个人都有"战果"么？

甲：发现问题的偏少。主要是除了我，肯定还有别人。不然我们学校那时候被抓到的情侣也不会那么多。

我：那有什么印象比较深的任务？

甲：这个啊，我记得有一次，跟着一个女孩，结果路上她和一个男孩碰头一起走。我在后面看着就有问题，但两个人又怪怪的，像是吵了架，没和好，也不说话，也不看对方，就那么一前一后隔着几步路走。那可把我急坏了，因为我跟踪别人回家，也是要讲操守的，对吧，万一人家是正常的朋友关系，我也不能害了人家在老师面前瞎说他们搞早恋。但我当时也急着回家吃饭，跟着他们已经走偏了我原来的回家路线，越走越远，越走越远，就快到××区了，我回到家还不得天黑？两个人还没有和好的样子。我一想算了，眼不见为净，就当他们运气好，我先撤了。后来也一直没见到他俩走一块儿回去，估计是那天最后分手了吧。

我：那你当时从没有过发现情侣的数目越多越好的念头么？只是出于应付老师交给的差事？

甲：就是个差事，还不捞什么实际的好处，但你不做还真就不行，你想偏袒谁谁谁也难。那个时候初中和普通高中里早恋的人其实不少，市重点区重点看了人心惶惶的，就防患于未然。我告诉你这帮老师们都不傻的，她不必听班级里的传闻，光看历次期末考试的成绩对比就知道了，你要是长得不错，这次考试的成绩明显下降了，很简单，撇开家庭因素，女生要么就是看琼瑶、追港台歌星而分心，男生要么就是打游戏机、踢球分心，第二种可能就是谈恋爱了。所以我们这种"尾巴"，和老师没收言情小说随身听、教导主任到游戏机房抓人是一个性质的。天下学校都一个样子，就是要你少添麻烦、多学习。

我：从来没有觉得自己对不起同学过么？

甲：想过啊，怎么没想过。那时候很多家长文化水平不高，真的是揪住自己小孩儿就打，用现在形容新派功夫电影的话说就叫拳拳到肉，边上人看着都心惊。但你说对不起就不再做了么？老师也有老师的道理，那时候上高中、考大学多难啊，不像现在，你就是玩三年也能把自己玩进一个三流大专。学校领导肯定是为升学率着想，也有的老师真的是爱才，训学生不争气把自己训出眼泪来的，不过现在应该也没有这样的老师了。

我：那你毕业后和你的班主任见过面么？谈过这件事情么？

甲：没有。我考进大学那年她就调走了，去哪儿了不知道。没遇见其实最好了，省得心烦，不是什么好事儿，都是见不得人的，还是不见好，呵呵。

我：据你所知，其他班级也有这种事情么？还是整个学校都在操作？

甲：绝对有，我估计那年的那几个老师都是说好了的，所以这几个班级早恋的学生都齐刷刷被揪出来。至于是不是还有人在统筹这件事我不知道，应该是有的，老师也不会闲得没事做，肯定有上头的压力，这个上了班的人都明白。反正，跟踪啊、检举揭发啊，还有你书里说的检查信件啊，我们那时候都来的，所以我们学校的情侣都很短命，表面上基本上找不到。

我：检查信件怎么检查的？

甲：班主任直接拆呗，你小说里写的那么大规模的检查，要很小心，而且实际上是不可能的。我们那时候是个别班主任从收发室拿来之后先从表面上检阅，然后挑出她觉得可疑的，用针挑开封口。我就撞见过我们班主任两次，都当没看见。

我：那你自己当时很纯洁？没有喜欢过女孩子？

甲：没有，真没有。那时候又没电脑，电视家长也不让你随便看，只好看书、看漫画，知识面有限，思维没现在的小孩子那么灵活发达。我们学校早恋的那些个要么就是天生丽质的，要么就是脸皮特别厚的，再要么就是出钱借读的。

我：那涉及隐私地问一下，你初恋时几岁？

甲：大学二年级，十九岁——我们这种人，貌似也不配谈隐私权益，哈哈，开个玩笑。

我：那你儿子现在三岁了，总有一天会长大、进入青春期，如果他初中就早恋了，你会干涉他么？或者，你会让他知道你的这段往事么？

甲：不会吧……那毕竟是一个在今天看来不可思议的时期，你说有人说它荒诞、荒谬，都是有道理的。我对他说了，他还要有个"信不信、能信多久"的问题，还是不说的好。

我：那你还没回答我的前一个问题，你会干涉他早恋么？

甲：这个问题我也没考虑好，十年之后再说吧，呵呵。

| 跋

    在发表这部小说之前，我就已经预料到了会随之而来的质疑和批评。可是我终究还是要写、还是要发。之前，已经有不愿透露姓名或网名的人士批评我写的小说很假（《马贼》），"写的人是疯子，看的人是傻子"（《在逃》），诸如此类，等等。

    好吧，我也实在是没脸皮再拿卡夫卡和他的甲壳类动物科幻小说来说事儿了。我一直跟朋友说，小说的魅力之一，就是提供一种"生活的可能性"，要是连这点想象力和实施想象力的勇气都没有，那还是去写《冰箱使用手册》更好。

    在《萌芽》上连载这部小说的时候，不断有读者问我"尾巴"是不是真人真事，问我有没有跟着人家放学回家。我要说的是，跟着漂亮姑娘回家是有的，但完全是私人行为，而且是因为正好顺路。

    至于真人真事，我还是秉承在新浪博客里说过的那句话——"信，则可能有；不信，则铁定无"。为什么？因为这是一个主观消费的年代，"仁者见仁，智者见智，二者见二"，你看，老祖宗实在是高明，一句话就给总结了，我就不多赘述。

总的来说，这本书的读者群很复杂，七〇、八〇后的大朋友可以在字里行间看看我对九十年代的回忆，九〇后的小同学们还是以看情节为主，要你们普遍理解那时候师长们的教育观念，有点为难了，尤其是有个读者给我留言说"我就是 1996 年生的"（很好，老少通吃，我喜欢）。

最后要感谢慧眼识珠的《萌芽》杂志和惊奇组的编辑们，感谢尹晓冬老师和程天翔老师，感谢给小说挑刺的袁远，感谢始终都在剖析这部小说的热心读者龙亢、鸣人，感谢大牌读者夏茗悠对小说里面女性角色塑造的建议，感谢摄影师老曹，感谢北京的刘文，感谢李伟长老师，感谢读者后援会的三位会长组合"盐甲虫卫队"，感谢每一位我忠实或者暂时的读者。

最后要提醒的是：各位同学，放学回家的路上，请注意你的背后。

图书在版编目(CIP)数据

尾巴.1,我在身后看着你∕王若虚著.—上海：
上海人民出版社,2015
ISBN 978-7-208-13091-3

Ⅰ.①尾… Ⅱ.①王… Ⅲ.①长篇小说-中国-当代
Ⅳ.①I247.5

中国版本图书馆 CIP 数据核字(2015)第 141748 号

出 品 人　邵　　敏
责任编辑　陈　蔡　汤　淼
封面装帧　钟　　颖

世纪文睿出品

尾巴 I：我在身后看着你
王若虚 著

出　　版　世纪出版集团 上海人民大版社
　　　　　(200001　上海福建中路 193 号　www.shsjwr.com)
出　　品　世纪出版股份有限公司上海世纪文睿文化传播分公司
发　　行　世纪出版股份有限公司发行中心
印　　刷　常熟市兴达印刷有限公司
开　　本　889×1240　1/32
印　　张　9.25
字　　数　170 000
版　　次　2015 年 8 月第 1 版
印　　次　2015 年 8 月第 1 次印刷
I S B N　978-7-208-13091-3∕I・1401
定　　价　30.00 元